共和国故事

航空盛会

——中国珠海国际航展成功举办

王金锋 编写

吉林出版集团股份有限公司

图书在版编目（CIP）数据

航空盛会：中国珠海国际航展成功举办/王金锋编. —

长春：吉林出版集团股份有限公司，2009.12

（共和国故事）

ISBN 978-7-5463-1902-5

Ⅰ. ①航… Ⅱ. ①王… Ⅲ. ①纪实文学–中国–当代 Ⅳ. ①I25

中国版本图书馆 CIP 数据核字（2009）第 237745 号

航空盛会——中国珠海国际航展成功举办

HANGKONG SHENGHUI　ZHONGGUO ZHUHAI GUOJI HANGZHAN CHENGGONG JUBAN

编写　王金锋

责任编辑　祖航　蔡大东

出版发行　吉林出版集团股份有限公司

印刷　三河市嵩川印刷有限公司

版次　2010 年 1 月第 1 版　　2022 年 1 月第 8 次印刷

开本　710mm×1000mm　1/16　　印张　8　字数　69 千

书号　ISBN 978-7-5463-1902-5　　定价　29.80 元

社址　吉林省长春市福祉大路 5788 号

电话　0431－81629968

电子邮箱　tuzi8818@126.com

版权所有　翻印必究

如有印装质量问题，请寄本社退换

前　言

自 1949 年 10 月 1 日中华人民共和国成立至今,新中国已走过了 60 年的风雨历程。历史是一面镜子,我们可以从多视角、多侧面对其进行解读。然而有一点是可以肯定的,那就是,半个多世纪以来,在中国共产党的领导下,中国的政治、经济、军事、外交、文化、教育、科技、社会、民生等领域,都发生了深刻的变化,中国人民站起来了,中华民族已屹立于世界民族之林。

60 年是短暂的,但这 60 年带给中国的却是极不平凡的。60 年的神州大地经历了沧桑巨变。从开国大典到 60 年国庆盛典,从经济战线上的三大战役到经济总量居世界第三位,从对农业、手工业、资本主义工商业的三大改造到社会主义市场经济体制的基本确立,从宜将剩勇追穷寇到建立了强大的国防军,从废除一切不平等条约到独立自主的和平外交政策,从"双百"方针到体制改革后的文化事业欣欣向荣,从扫除文盲到实施科教兴国战略建设新型国家,从翻身解放到实现小康社会,凡此种种,中国人民在每个领域无不留下发展的足迹,写就不朽的诗篇。

60 年的时间在历史的长河中可谓沧海一粟。其间究竟发生了些什么,怎样发生的,过程怎样,结果如何,却非人人都清楚知道的。对此,亲身经历者或可鲜活如昨,但对后来者来说却可能只是一个概念,对某段历史的记忆影像或不存在,或是模糊的。基于此,为了让年轻人,特别是青少年永远铭记共和国这段不朽的历史,我们推出了这套《共和国故事》。

《共和国故事》虽为故事,但却与戏说无关,我们不过是想借助通俗、富于感染力的文字记录这段历史。在丛书的谋篇布局上,我们尽量选取各个时代具有代表性或深具普遍意义的若干事件加以叙述,使其能反映共和国发展的全景和脉络。为了使题目的设置不至于因大而空,我们着眼于每一重大历史事件的缘起、过程、结局、时间、地点、人物等,抓住点滴和些许小事,力求通透。

历史是复杂的,事态的发展因素也是多方面的。由于叙述者的视角、文化构成不同,对事件的认知或有不足,但这不会影响我们对整个历史事件的判断和思考,至于它能否清晰地表达出我们编辑这套书的本意,那只能交给读者去评判了。

这套丛书可谓是一部书写红色记忆的读物,它对于了解共和国的历史、中国共产党的英明领导和中国人民的伟大实践都是不可或缺的。同时,这套丛书又是一套普及性读物,既针对重点阅读人群,也适宜在全民中推广。相信它必将在我国开展的全民阅读活动中发挥大的作用,成为装备中小学图书馆、农家书屋、社区书屋、机关及企事业单位职工图书室、连队图书室等的重点选择对象。

编　者
2010 年 1 月

一、 筹办过程

- 后来梁广大回忆说：想不到这个一闪而过的念头会变成一个城市的理想，一群创业者的追求，一个既成的事实。

- 梁广大表示：我们已经没有退路了，只能硬着头皮往前走。

- 吴邦国向来自世界各国的嘉宾郑重宣布：中国政府决定从 1996 年开始，每逢双年在珠海举行中国国际航空航天博览会。

梁广大努力催生中国航展

1994 年 1 月 22 日，珠海市政府向国务院请示，在珠海举办中国航空航天博览会。1995 年 5 月 19 日，国务院给予正式批复。

10 年后，这个航空展览已经成为世界五大航展之一。在 10 年以前，珠海人为什么要办，又是为什么敢办这样一个航展呢？代表国家行为的中国航展为什么会落户珠海呢？

这一切，都和一个人分不开。

他，就是珠海市前市长、国际航展落户珠海的引路人梁广大。

梁广大说，其实，此间和此后都有许多曲折。

那是在 1983 年夏天，珠海特区已经建立 3 年，就在那年的夏天，广东省委调任佛山地区副专员梁广大到珠海市，担任市委副书记、代市长。

梁广大在珠海期间，提出了建设伶仃洋大桥、广珠铁路、江珠高速、临港重化工业、一级方程式大赛……他为珠海设计的蓝图，后来一个个陆续实现了。

1992 年，在外交部的安排下，珠海要与加拿大的苏里市结为友好城市。梁广大带着珠海市委、市政府一班人到苏里展开签约之旅。

在苏里市市政厅，珠海市领导与苏里市领导举行签约会。在签约会上，梁广大详细介绍了珠海市经济特区的发展情况，说珠海要搞铁路、港口、飞机场和大桥等。

在客厅休息喝咖啡的时候，有一个叫拉凯的议员走过来说："梁先生，我向你提个建议，你们珠海是新兴的海滨城市，又是国家级的经济特区，你们现在要建机场，建议你们建飞机场的时候把航展功能考虑进去。"

拉凯还自我介绍说，他本人是国际航展成员，航展是一个很大的商业活动，是国与国之间的商业行为。

后来，中国航展成为我国唯一由国务院郑重向世界宣布逢双年主办的会展，也是我国唯一由国务院亲自主办的全国性会展，其规格之高，远非任何会展可以相提并论。

但在中国改革开放之初，中国人想都不敢想航空航天产品也可以举办会展，而且是国际性的。

不过具有远见的梁广大这时对航展还是有所耳闻的，并且可以说对之羡慕不已。他最早是从媒体报道知道世界上有航展这回事。

梁广大说："第一次从电视上看到巴黎航展时很惊讶。想不到飞机、军事武器和航空航天产品也可以拿出来展销，还有演示和表演，而且人头攒动，颇具规模和市场。于是得到一个印象，感觉这种展销不是一般的商品交易。它一定是大进大出，交易额高得惊人，可惜我们国家没有这样的盛会。"

当时梁广大看了以后，心里就想，这样的活动，这样的博览会，比当时我国广州的一个春交会或者秋交会还要大，档次还要高，我国不可以办吗？他当时只是这样想，并没有下这个决心，只是很羡慕人家有这么一个航天航空的博览会。

后来，梁广大又相继通过电视看了英国的范堡罗航展、阿伯斯福德航展、巴西的航展，感觉这些航展确实影响很大，都是大项目。所以他对航展一直就有一个比较好的印象，不过当时也仅此而已。

这次，拉凯议员的建议，正好激发了他以前的想法，可谓正中梁广大下怀。梁广大觉得这个建议很有建设性，便向拉凯议员详细咨询了航展有关情况。

后来梁广大回忆说：

想不到这个一闪而过的念头会变成一个城市的理想，一群创业者的追求，一个既成的事实。

与苏里市签完约返回珠海后，梁广大把拉凯议员的建议拿到市委、市政府会议上讨论。

大家感觉此提议很新鲜，很有价值，很有意义，非常符合国家赋予经济特区技术、知识、管理、对外政策"四个窗口"的发展理念，也非常符合珠海抢占经济发展制高点的城市理想。

经过反复推敲，珠海市委、市政府一致通过举办航展的计划，并纳入机场建设统一规划安排。

梁广大后来回忆：

> 大家都觉得挺新鲜，没有人反对，就下决心干！

梁广大的想法是，当时国内没有这样的展览项目，如果把这一新生的朝阳产业引入珠海，可以发挥航展的巨大社会、经济效应，进而提高珠海的城市知名度，推动产业结构调整。

珠海的城市软环境，是优美绵长的海岸线，是享乐生活，是浪漫之都。

珠海航展有限公司副总经理周作德说："珠海在当时也的确具备办航展的基础条件。当时全国最先进的机场，可以保证飞行的航班量；全国机场最长的跑道，也为航展的展示飞行提供了基础条件。同时，珠海毗邻港澳，辐射能力强。这些都是珠海的优势。"

办航展的决心有了，但首先还要得到航空航天部门支持，没有航空航天部门的支持，办航展只能是空谈。不过情况很好，因为国家民航总局、航空工业总公司、航天工业总公司、贸促会都是异口同声：我们支持！

但怎么起步呢？梁广大首先想到了民航总局。因为，珠海机场是由民航总局规划论证的。梁广大说，当时他找了民航总局的主要领导商量将跑道加长。

作为民航，一般的机场跑道过去就是 3200 米，如果大型的波音 747 客机，3400 米就可以了但是如果要举办航展，梁广大总感觉要有区分，认为要考虑长远一点为好。

经过梁广大多方面协商，当时民航总局答应帮他们从 3200 米扩大到 3400 米。梁广大认为不行，最后又多次请教有关专家和教授，将跑道延伸到 4000 米。

这些基本的软硬件具备了，还有最重要的一步，国家政府的正式批准。

梁广大本以为只要市里上上下下取得共识，下定决心去举办航展，最多再报批一下民航总局，珠海航展的成功就是指日可待的事情，然而，后来的曲折经历证明，他实在是大大低估了办航展这个事情的重要程度和复杂程度。

1994 年 1 月 22 日，珠海市政府正式向国务院请示，准备在珠海举办中国航空航天博览会。

提交请示容易，可真做起来完全没那么简单。这边，珠海已开始了航展展馆建设，并聘请国内外有关专家做顾问为航展招商；那边，曾任航展公司副总经理的毛矛表示："我们是航空盲、航天盲、展览盲，更是航空航天展览盲，我们要让懂行的人来教我们。"

当时的航空工业总公司总经理朱育理，副总经理王昂，中国航空工业总公司国际贸易局局长汤小平，航天工业总公司新闻办主任张丽辉，中国国际展览中心副总经理陈若薇，中国长城展览公司副总经理张宇等，都成了珠海人的第一任"教官"。尽管中国没有举办过航展，但他们中的许多人曾多次参加世界著名的航展。

举办国际航空航天博览会，意味着向世界展销自己的航空航天产品，甚至保密性非常强的军事常规武器也可以参展并交易，这些都直接关系到国家安全，如要在我国举办，将是史无前例的事情。

当珠海市委、市政府正式踏上航展申办之路时才知道，必须向国家相关的10多个部门申报并获得他们批准才能举办，这在当时是一件十分艰难的事情。

梁广大说："几乎整个国家系统都要动起来"，"除了航空、航天部门、民航总局，还要通过国务院办公厅、中央军委、国家计委、经贸部、海关、外交部、总参谋部、国防科工委、空军、空管局……哎呀，我的心都凉了半截"。

小小珠海要牵动这么多部门，梁广大当时真的连退回去的心都有。可是，请示已经提交了，这能要回来吗。于是，梁广大带着一帮人来到北京，开始几个月的奔波。他说："我们已经没有退路了，只能硬着头皮往前走。"

梁广大带领一班人先向国家计委和国家民航总局申报，然后依次向经贸部、贸促会、海关总署、航空工业部、航天工业部、外交部、军委外事部门、总参、空军总部、国防科工委、军委、国务院办公厅、中央办公厅等申报，挨家挨户陈述申办理由。

尽管大家都认为这是一件利国利民的好事，都表示支持，但一年多下来，仍然没有申办下来。因为当时国防科工委认为，国家航空航天产业以及外国飞机在中国领空飞行等问题，都关系到国家安全，他们无权批，要军委主席才可以批。

的确，航展不仅是中国航空航天产品的展示，也是各国航空航天产品的展示，参观者不仅有中国人，还有各国的军方人士以及外国飞行员，这是前所未有的。

从来都密不示人的中国航空航天产品可以拿出来亮相吗？国外的飞机可以在中国飞行吗？

这天，国防科工委在北京某酒店开会。梁广大获得消息，闯了进去。但是没有结果，他空手而归。

航展筹办工作使国内外都动起来了。珠海机场已经把航展功能考虑进去，珠海机场跑道为办航展延长到了4000米；珠海市委、市政府当时已经聘请了国家民航总局沈元康副局长、空军副司令员林虎、总参副总参谋长李景等7人顾问小组与国际航联等相关部门联系，招商工作也在进行。

当时的情形，就像汽车开到山腰间熄火了，一松刹车就会掉下去摔个粉身碎骨，加把油又能开到山上去。

梁广大决定，既然国防科工委指明了一条路，那就往那条路上努力吧。

于是，骑虎难下的梁广大情急之下，给时任总书记兼中央军委主席的江泽民写了一份报告。

在报告中，梁广大汇报了整个筹备情况，还谈到所遇到的问题不好解决。

批复很快下来了，江泽民同意珠海举办航展，并在报告上批示了七点意见。在批复的意见中，江泽民提出，整个航展的筹备情况要加快，相关部门要进一步落实解决具体问题。这七条批示为中国航展铺平了道路。

随后，在1995年5月19日，国务院对珠海请示办航展给予了正式批复，同意在珠海办航展。

国务院总理办公会议同时决定，将航展定为国家行为，成立了航展组委会，明确向世界宣布，中国航展为国家行为，每逢双年在珠海举办。

时任国务院副总理的吴邦国任组委会主任，梁广大及民航总局副局长沈元康、航空工业总公司副总经理王昂、航天工业总公司副总经理王礼恒、贸促会副会长刘福贵任副主任。

"如果当时没有江泽民同志和中央各部委的支持和帮助，中国航展根本办不成。近年有北方其他城市也在不遗余力地争办航展，但都未如愿。"梁广大后来说，"确保航展在珠海举办是国家对世界的承诺，办好航展也是珠海对国家的承诺。"

珠海航展的筹备工作正式启动。

中国航空航天博览会得到各方支持，被强力牵引着开始运转起来。

江泽民为第一届航展题词

航展项目申请可谓峰回路转，最终批了下来。

批下来之后很多现实的问题就又来了。作为一个从无到有的航展，怎么样能把参展商吸引来，这些经费又怎么去筹措呢？

首先要和国际航空航天博览会这个机构接上头，起码要让人家承认你、支持你，而当时的中国连这个门都没有迈进去，所以梁广大他们还是很发愁。

另一方面就是怎么去招商。当时珠海市根本没有这一类的人，梁广大他们只能聘请民航总局的有关领导和一些主管部门领导，以及军方的、部队的一些领导当顾问，通过他们，向国际民航航天航空博览会的单位接上头。

当时组委会成员跟世界各国一些单位也不熟悉，像波音、空客这些都不认识，这些都是世界上鼎鼎有名的大公司，他们参展不参展都至关重要，所以第一届开头一定要聘请他们。

组委会为此做了差不多一年的工作。第一届招商情况还不错，有400多家外国公司愿意参加中国首次航展。这400多家把当时国际知名公司基本都包括进去了。

为了吸引这些公司来参展，组委会下了很大力气来进行广告宣传，特别是聘请的那些顾问，在这方面起到了很大作用。因为这毕竟是中国第一次举行航展，许多外国人对中国办航展缺乏足够的信任，并且他们可能根本没听说过中国的珠海。

当时组委会主要宣传我国的改革开放，中央给包括珠海在内的特区很多优惠政策，提供了很多方便的服务。

组委会还专门印了很多翻译成英文的小册子，到国外的时候都带着，随时向国外宣传。这样的宣传很新，通过大力的推广宣传，外国人知道中国是未来有很大潜力的国家。

当年很多外国人真的连珠海在哪个位置都不知道，通过组委会以及顾问专家们的大力介绍、宣传，那些国外的公司也都知道了。再加上当时中国特区在国际上影响也比较大，所以外国人对中国办航展也就慢慢接受认可了。

当年航展的承办经费开始都是政府筹措的，第一届共花了有七八千万，再带上其他相关费用，差不多有一个亿。

经过中国航展组委会的辛苦努力，中国的第一届航展就要向世人亮相了。

第一届中国国际航空航天博览会在珠海举行，这是中国首次由政府组织按国际惯例举办的大型航展，也是一次国际性的盛大的经济技术活动。它以实物展示、贸易洽谈、学术交流和飞行表演为主要特征。

中国航展作为国家行为，得到了党和国家领导人的高度重视。

国家主席江泽民为中国航展亲笔题词：

祝中国国际航空航天博览会圆满成功。

江泽民、李鹏等党和国家领导人亲自过问并多次作指示。

国务院副总理吴邦国担任组委会主任，几次专门召开了协调会议。

首届航展引起巨大轰动

1996 年 11 月 5 日，第一届中国国际航空航天博览会在珠海隆重举行。

国务院总理李鹏为首届航展开幕式剪彩。

在盛大的开幕式上，担任中国航展组委会主任的吴邦国向来自世界各国的嘉宾郑重宣布：

中国政府决定从 1996 年开始，每逢双年在珠海举行中国国际航空航天博览会。

包括中国在内的 25 个国家和地区的 400 多家航空航天厂商，包括中国民航总局、中国航空工业总公司、中国航天工业总公司，以及世界著名的航空工业公司，参加了在珠海举行的国际航空航天盛会。

有 7 个国家的军政代表团、32 个驻华使领馆官员共103 人出席了开幕式。

世界航空航天巨商也争相参加"中国聚会"，美国波音、麦道、联合技术公司，德国戴姆勒 – 奔驰公司，英国罗·罗公司，欧洲空中客车公司，以及俄罗斯苏霍伊设计局，都派出了强大阵容参展。

代表 20 世纪 90 年代先进水平的 96 架中外军、民用飞机和直升机，参加了实物展示和飞行表演。

在国外展团当中，展品数量最多、档次最高的当数俄罗斯。特别是苏霍伊的航展明星"苏－27""苏－30"给人留下了深刻印象。相比之下，米格和莫斯科飞机生产联合企业就相形见绌了。

本届航展是中国第一届带飞行表演的航展，因此也吸引了众多航空迷。国产飞机表演自然是重头戏之一。

从 1988 年就开始参加国外航展的国产飞机"歼 8 Ⅱ"，这次终于走出深闺。刚试飞不久的"歼 8 Ⅱ"由第一试飞大队大队长赵士兵驾驶升空表演。

这架战斗机有"空中美男子"之称，它以代表我国航空工业的最高水准而引人注目。

后来，赵士兵送给《世界军事》杂志读者的一句话是"祖国的蓝天永远神圣"。

当鹿鸣东驾驶战机鹰击在蓝天的时候，这位中国"歼 8"系列第一位试飞员心里想的是，要代表中国在世界面前飞出中国的骄傲和自豪，为祖国争光，为航空航天事业争光。

鹿鸣东的表演不负众望，上扬、俯冲、翻滚等一连串高难度动作，令现场观众瞠目结舌。

标志我国直升机研制水平的"直 9"型直升机、"运12"国产运输机登场表演，以其稳定性和敏捷性令观者连声赞叹。

代表中国航天技术的、具有世界先进水平的"长征 2

号"捆绑式火箭实体首次矗立展示，更是锦上添花。

在展览会现场，不时能听到这样的声音：

看，那就是我们国家自己造的飞机！

"苏－27""苏－30"奇特的"眼镜蛇"动作，"伊尔－78"精湛的空中加油技术，英国金梦特技飞行表演队，以及荟萃11名世界一流特技飞行员的世界特技飞行大奖赛，均给观众留下深刻印象。

望着"长2捆"高高地矗立在展场，看着中国的"歼8Ⅱ"矫健地飞上蓝天，欣赏着"苏－27"敏捷的翻腾，许多航空老专家掉下了眼泪。

时任航空工业总公司副总经理的王昂感慨万千。他说："珠海圆了我们几十年的梦，我们早就希望中国能有自己的带飞行表演的航空航天博览会，但是没有资金、没有地方……实在是太难了！"

尽管由于经验方面不足等原因，在航展期间的后勤保障等方面不尽如人意，但是无论是从国际国内的影响力、从全球范围内的报道规模，还是从现场参观者的热情踊跃程度，效果都显示：

珠海航展是成功的。

在第一届航展上，最引人注目的还是我国自行研制的"长征2号"捆绑式火箭。在展览会场上，"长2捆"以70米的高度，成为绝对抢眼的焦点。

当时在决定"长2捆"如何摆放时，还有过争论。

在首届航展筹办期间，珠海请来了"长2捆"火箭，作为首届航展的"镇展之宝"。

"长2捆"绝对是一个"巨人"，组装起来，从头到脚总高度在70米以上，竖起来一是技术难度大，二是费用不菲，大概要几十万元。

于是有人提议，"长2捆"横卧展示即可。梁广大听说后坚决不同意，有人强调技术难度，梁广大反问道："是把火箭竖起来难？还是把火箭造出来难？"

后来，"长2捆"真的竖起来了。梁广大后来回忆当时的情景时，不禁扬眉笑道：

一竖起来，整个环境庄严肃穆，威风凛凛，主题集中，真是扬我国威，壮我军威！

第一届航展就有近70万观众，其火爆程度也是超出想象，整条机场路都严重塞车。很多人6时从珠海市区出发，18时还进不了展区。

当时航展的管理经验也比较缺乏，航展日与公众日不分，加上展览期间的交通问题等，初期的航展一片混乱。在这种情况下，珠海航展依旧吸引了公众的目光。

第一届航展可以说是引起了巨大轰动，周末，珠三角的老百姓拖家带口来看航展，车子堵了几十公里。下午该闭馆了，飞行表演也结束了，还有几万观众才刚刚赶到展馆门外的路上。

航迷们失望的目光，像锥子一样刺痛了梁广大的心，他决定建议闭馆时间推迟一小时。他说："这么多人买了票来看航展看不成，我们对不起人家。"

梁广大找到时任航空工业部部长的朱育理，问他有没有办法与参展方协商延长闭馆时间，并恳请外国两个飞行表演队加飞一场。

朱部长用右手做了一个数钞票的动作，意思是有美金就行。

梁广大问，多少才行？朱部长说，每人100美金。梁广大说，行，只要能满足远道而来的观众，没有问题，每人加到200美金。

勇士队受到了美金的鼓舞，飞得特别漂亮，简直可以说是超常发挥，低飞时几乎贴地，迅疾而过，卷起了地上的尘土，现场几万观众齐声发出阵阵惊叹！一直飞到19时多，落日的余晖为表演飞机涂上一层金色。

1996年11月10日，中国第一届航空航天展览会在观众们的依依不舍中闭幕。

本次航展结出了丰硕的成果，作为经贸和学术盛会，航展期间召集了"21世纪中国航空"等5个大型专业研讨会，达成16个项目近20亿美元的合作和协议。

70多万观众前来参观，1500多名中外新闻记者现场报道了这次盛会。

中国航展向世界展示了航空航天大国的魅力。在首届航展庆功宴上，主人激动，宾客兴奋，几箱最好的酒被开启，宾主一醉方休。

结果第二天，俄罗斯的勇士们醉得起不来，只好推迟一天离开珠海。

金梦飞行表演队和勇士队临行前特意在珠海市上空盘旋，摇摇机翼，挥手告别。

作为国际航展盛会的主要组织者，在整个展会期间，梁广大体会到的是前所未有的激动和兴奋，而最让他感到兴奋的是，当时到场的国家领导人在看完航展后向世界郑重宣布，以后每逢双数年，中国就在珠海举办国际航空航天博览会。

从此，中国最大的航空航天博览会正式落户珠海。

时任珠海航展有限公司副总经理的周作德后来说：

珠海的老一辈领导敢为天下先，同时也抱有对中国航天事业的憧憬。

实际上，整个珠海在当时就有这样的气氛，思维超前，这也是临海的地理位置决定的。

初期的航展，由于管理问题，经营不是很好，甚至有人认为，航展是赔钱的买卖、蚀本的生意。

梁广大说：

一直有人对珠海申办和举办航展不理解，认为费力不讨好，是自不量力，刻意藐视航展。这是目光短浅的表现。

航展是经济发展的制高点，是提高城市知名度、提升城市核心竞争力的重要平台，也是国家对珠海的高度信任。

梁广大认为，航展对珠海来说，至少有三大意义和价值。

首先，航展是经济发展的制高点，航空航天业位于制造业价值链的最高端，是制造业龙头中的龙头。

汽车业是大家公认的龙头产业，因为一辆汽车的零部件有 2000 多个，能够带动 2000 多个配件生产业，而一架飞机的零部件是 2 万多个，其产业关联带动度就是汽车的 100 多倍。

国际经验表明，一个航空项目发展 10 年后带来的效益是：产出比为 1 比 80，技术转移比为 1 比 16，就业带动比为 1 比 12。

航展既然是国际航空航天业信息和资源高度聚集的大会展，那么航展举办者就能在第一时间，掌握世界航空航天业最新信息和最具价值资源。如果举办者有意识地把航展信息优势和资源优势努力争取并转化为自己的产业优势，就可以赢得很多先机。

珠海摩天宇飞机发动机维修中心，就是在第一届航展上洽谈成功的，该中心由中国南方航空公司与德国 MTU 航空发动机公司各出资 50%，首期投资 1.89 亿美元创办。

航展中征收落地交易税，能带来一笔非常可观的实际收入。买一架飞机几千万美元，一辆坦克几百万美元，都是国际大集团之间或国与国之间的交易，金额很大，并且他们多争取在航展举办地签订交易合约。理论上说，举办地有权征收其交易税，如果能征收 3%，这笔收入就比门票及相关收入要大几百倍。

中国航展从无到有，初办时的工作重心主要是吸引国际航空航天大集团、国际航空航天大国和国内相关部门来参展。随着中国航展地位的确立和稳固，航展工作开始考虑如何与相关部门协商，研究征收落地交易税、利益如何共享，以尽快实现航展业自身的产业升级。

航展是珠海巨大的无形资产，是提高城市知名度和城市核心竞争力的重要平台。航展是珠海的垄断资源，这一点是毫无疑义的。

一个具有国际意义的垄断资源意味着什么？意味着珠海在众多城市中拥有不可复制的核心竞争力！这就是财富，是城市软实力的精髓，其他任何流于表象的城市无形资产，都是由此派生和拓展出去的。

航空航天领域集中了人类文明精华，这个领域每一个细小进步，都标志着人类文明重大进步。所以，每届航展都会吸引世界各国航空航天界业内人士、各国军政要人和代表团、国内外大批记者和我国广大民众到来，珠海的名字与集中人类最高智慧的会展捆绑在一起，在世界各地回响，这当然无与伦比。

梁广大强调：

> 航展的这三大意义和价值，是任何会展或其他经济活动都不可能具备的。

后来两年一度的蓝天盛会，逐渐成为珠海漂亮而巨大的城市广告。

每到举办航展盛会的 7 天，成千上万的巨大人流涌向珠海。珠海的旅游、商贸、交通等各行各业，越来越享受到展会经济给珠海带来的巨大人气和商机。

正如梁广大所表示：

> 航展不是珠海的包袱，而是巨大的财富。首先是无形资产，巨大的品牌效应。其次，它是一个高科技的大经贸盛会，不同于一般的商贸活动。

筹办过程

亲历首届航空航天展览

1996 年航展期间的珠海，是高度拥挤的珠海。在一拨拨人流中，不仅有年轻人，而且还有许多上了年纪的老人。有城市的，也有乡村的；有当地的，也有来自全国各地的参观者。

一位到场参观的老航模郝振英这样写道：

巴士距离机场还有一段路程时，老远就看到机场边上高高挺立的"长征 2 号"捆绑式火箭原型，鲜艳的五星红旗和中国航天的图案映入人们的眼帘，我的眼睛几乎有些湿润了。

这是第一次看到长征火箭的实体，这个共和国的"宝贝"曾牵动着几代人的心，它高高耸立在蓝天白云之下，显得那么庄严，那么威武，像是告诉每一个参观的人，中国航天航空已经立于世界之林，每一个中国人都会为此而感到骄傲。

几乎所有的人都发出了赞叹声，就连一位老阿婆也情不自禁地流露出惊奇的目光。

珠海人真把"长 2 捆"火箭竖起来了，结果成了航展一道绝佳的风景线，游客纷纷前来摄影留念，不知耗费了多少胶卷。听说后来火箭以 300 万美元卖到香港去了。

　　沿跑道方向看去，可以看到被无数人簇拥着的各种大型飞机，飞机垂直尾翼上的各色图案更加引人注目，国产的"歼 8 Ⅱ""歼 7""K – 8""直 9""运 8""运 7""运 12"都摆放在主席台东侧很近的地方。

　　在轻型飞机的展位上，一眼看去，北航的蜜蜂超轻机系列，从双座机到三座机，从敞开驾驶舱到封闭驾驶舱，应有尽有。石家庄生产的蜻蜓，南昌生产的伞翼机，这些都是超轻型飞机和飞行器。

　　关于轻型飞机，在中国航空界还有一个私人造飞机的新闻。有个叫张自立的人，他用自己开公司攒来的钱造了 3 架 48 马力超轻型飞机，并且在历经困难之后，学会了飞行，从中可见中国人对飞机的热爱。

　　在人群的移动中，首先看到的是小型 4 座直升机的频繁起降，一群群记者也上了直升机，感受一下垂直离地的滋味。

　　这种 4 座机在美国用得十分普遍，尤其在警方追捕罪犯、疏导交通方面已成为一种装备。小直升机升降自如，时而前进，时而悬停在空中，不停地向参观的人展现自己的本事。塞斯纳小飞机一架接一架地从跑道上起飞着陆，这种单发下单翼小型特技飞机，有蓝色、黄色，有单座、双座。据说国际小型特技飞行比赛也移师珠海，成为最后一桩赛事。

　　飞机的发动机多是 150 马力左右的活塞式，机身机翼在彩色金属漆的包装下，发出耀眼的光彩。

飞机滑出跑道一端然后掉转机头迎风滑跑。在约200米处开始离地，突然垂直拉起。飞机冲到300米高处，然后推平向前，接着又拉起一个筋斗。

飞机在水平倒飞之时，一个180度横滚，由倒飞转成正飞回转过来，动作十分精练。飞机从600米处做垂直螺旋下降动作，几乎接近地面100米处才一下改出。

天空中有小飞机不断翻来滚去，飞机的动作使人看得眼花缭乱，机翼两端拉出的彩色烟雾，像一只大毛笔在天空中写意作画，时而像山间溪水，时而似悬崖瀑布，人群里不时为飞机的精彩表演发出一阵阵赞叹声。

正当步入展厅大门时，突然传来一声巨响，几乎所有在场的人头一齐转向声音发出的方向。只见一架三角翼喷气式飞机发出呼啸腾空而起，这就是我国自行研制生产的"歼8Ⅱ"战斗机。

瞬时间，飞机已经返回，以90度侧飞低空通场。飞机翼距离地面100米，驾驶舱面向主席台方向。飞机通过时，由发动机尾部喷射的高速气流所形成的冲击波，震撼着在场的每一个人的胸膛。

一种无形的力量让人们感到无比兴奋，也许这才是超音速飞机真正壮观之处。人们还来不及去看飞机如何飞过，就在这一瞬间，几乎听不到人潮的喧哗，只有冲击波的震撼声。

飞机以极为准确的动作，在人们眼前留下了清晰可见的烟雾轨迹。飞机飞过来，留下是声音、烟雾。只有在飞机飞向远处时，人们才恢复到往日看到飞机的感觉。

观看超音速飞机表演总是让人们处在极度兴奋的状态中，超音速那种把时间浓缩的奇妙之处，让人们又一次感受到速度的魅力。

"歼8Ⅱ"飞机落地后，"歼7""K–8""运12"，以及南昌生产的单座农用小飞机，都争先恐后频频登场。

哈尔滨生产的"直9"在大坡度俯冲和爬升时，向人们展示它的灵活和在高负载下的旋翼强度。

据行家讲，直升机最怕大坡度俯冲，这时旋翼过载十分严重，很容易造成旋翼断裂，后果不堪设想。

碧蓝的长空，万里无云，艳阳高照，战鹰呼啸而来，凌空掠去。加力爬升、半滚倒转、侧转下滑、水平横滚、跃升、俯冲……动作令人目不暇接。

尤其当低空高速通场时，那雷霆万钧之势更是撼人心魄，震耳欲聋，连马路上长串汽车也齐声呼应，那是因为所有防盗警报器都被触发了！受到飞机冲击震撼的人流刚刚走进航展大厅，另一种冲击震撼又迎面而来。

首先看到的是各国飞机制造厂商宣传图片、飞机模型，一群黄头发、蓝眼睛的"老外"。在他们看来，珠海航展不需要真飞机表演，因为中国上空飞的几乎全是清一色外国制造的民航客机。

在中国民航展台前，陈列了中国各个航空公司发展图片简介。中国国际航空公司展台尤为突出，还有一个模拟飞机客舱展台，充分展示了空中优质服务水平。

中国北京民航维修基地也参加了这次展会。维修基地已和西德汉莎航空公司合资，实力壮大了不少，拥有了号称亚洲第一大的修理机库，可以同时摆放 4 架波音 747－200 型飞机。

在西北工业大学无人机所的展位上，人们能够看到我国最先进的双尾撑、后推式无人侦察机的原型机。这架飞机在西工大成为科研成果典范，被推向光彩的宝座，这是学校的骄傲，也是中国的骄傲。

13 时多，航展大厅外天空中的小飞机依然在飞来飞去，特技比赛的飞机像空中杂技不停地上下翻腾。动力翼伞在人们头顶上飘来飘去。

航模表演中有飞碟大战，遥控特技，直升机特技。

小飞机灵活的飞行动作比起真飞机有过之而无不及，许多高难度动作就是真飞机也做不出来，航模特技最有名的翻筋斗就是其中之一。动作要求第一个转角为 90 度，小飞机飞得干净利索，绝不拖泥带水。小直升机的空中筋斗一个接一个。无人飞艇也身着宣传广告绕场漫游。一时间，天空中真可谓群星荟萃。

"运5" 飞机把跳伞运动员送到 1000 米高处，运动员一个接一个像天女散花似的在空中散开，一会儿就依次驾着翼伞十分准确地落在靶心的周围。

沿着停机坪，只见各种各样公务机、运输机、民航客机依次摆开，十分壮观。其中有几架黄色双翼小飞机摆放在一旁，这是英国著名飞行表演队金梦小飞机。

这几架小飞机小得像玩具，只有 5 米长翼展，机身才 3 米多长，飞机是双翼的。据说世界最著名的花式表演飞机都用双翼机，可能是升力大，机翼短，便于做高难度动作。

航展期间，国产"F－811M""F－7MG""K－8""Y－8C""N－5""Z－9"等纷纷登场亮相，各显绝技。法国的"A340"、俄罗斯的"图－204"，美国的"MD－11"等也展示了自己的风采。

但给人留下较深印象的，反倒是几架不起眼的"蝗虫"，即英国金梦飞行表演队的 4 机编队特技。它们如同杂技表演中的小丑，有空隙就上台串场，表演难度大，又颇具滑稽感，不断引发出一阵阵的笑声。

另外，国际航联特技飞行大奖赛轻型飞机比赛，国家体委跳伞队表演，动力翼伞，轻型飞行器，充氢飞艇，火箭模拟发射等，使这次航展好戏连台，精彩纷呈。

本次航展最精彩的当属俄罗斯的"苏－27"，只见这两架外形流畅、体态轻盈的名机拔地而起，绝尘掠去，好一阵不见踪影。

观众正疑惑间，却见一架"伊尔－76"缓缓飞来，其硕大的机体后，两只"小鸡"同步跟进，如同慈祥的老母鸡用双翼护卫着幼雏，又像母亲在哺育着爱子。原来，这是空中加油表演。

然后，"苏－27"比翼齐飞，风驰电掣般射向蓝天。跃升、俯冲、滚转、筋斗，正对飞、侧对飞，一正一倒头尾相接通场，既大刀阔斧，又精确严密，气魄雄伟，美不胜收。

天幕中彩烟飘舞，地面上万众仰视。尤其是两机迎头相向超低空通场，在几乎要相撞的瞬间各侧转90度飞离而去。怕人们不过瘾，连续表演3次。

在尾冲、空中停车等高难度特技动作表演后，俄罗斯试飞员独创的"普加乔夫眼镜蛇"动作亮相了。眼镜蛇的飞行动作堪称世界一绝。"苏－27"飞机由上而下，看去形状酷似一条扁平的眼镜蛇。

当飞机平飞疾速前进时，突然拉起机头仰角达110度，速度几乎为零，机身继续水平前移约1秒钟，恰似一只伸颈昂首的眼镜蛇，动作非常之精彩，然后恢复原状。此时，在其后飞行的伙伴一下就蹿到了前面。这种"空中急刹车"在实战中太有用了，观众们看得惊心动魄，赞不绝口！

"苏－27"和"苏－30"双机迎头低空通场，也使人回味无穷。两架飞机相向而行，在离地100米的高处，飞行速度每秒都在300米以上。当两架飞机相遇时，又同时相向侧转90度，两座舱几乎贴在一起飞速而过。精彩的飞行表演不断地将表演推向高潮。

1996年，珠海航展第一次闯进世界大型航展行列，它留给人们的是永久的回忆。

1996中国航展"硝烟"淡去，却给百年世界航展史添上了浓墨重彩的篇章。

二、 辉煌发展

● 1998 年 11 月 15 日 10 时，珠海举行第二届中国国际航空航天博览会开幕典礼。李鹏出席开幕式并宣布航展开幕。

● 2008 年 11 月 4 日，第七届中国国际航空航天博览会在珠海开幕。

第二届航展阵容更新更强

1998 年 11 月 15 日 10 时，珠海一改往日的宁静，天空上飞机轰鸣，伞花朵朵，这里正在隆重举行第二届中国国际航空航天博览会开幕典礼。

来自国内外的嘉宾和观众亲历了这次盛会。李鹏出席开幕式并宣布航展开幕。

博览会组委会主任吴邦国在开幕式上发表重要讲话。他说：

> 改革开放以来，中国航空航天事业取得了令人瞩目的成就。我国政府一贯重视发展航空航天事业，我国领导人为这一事业的发展倾注了大量心血。
>
> …………
>
> 我国自行设计、建造的"长征"系列运载火箭已跻身世界发射市场，军用和民用飞机的开发和研制也取得喜人的发展。中国航空航天事业与国际同行的交往大大增加，促进了相互了解与合作。在珠海举办的中国国际航空航天博览会在进一步扩大交流与合作方面，发挥了桥梁作用。

....

我国经济社会发展的大好形势，为顺利举办珠海航空航天博览会，创造了有利条件。

吴邦国的讲话获得了观众雷鸣般的掌声。

中央军委副主席张万年，广东省委书记李长春，全国政协副主席叶选平、钱伟长、张思卿、万国权等党和国家领导人，一同出席了航展开幕式，并观看了精彩的飞行表演。

中央、国家机关有关部门，部队有关方面负责人，20多个国家和地区的政府、军事代表团，珠海各界群众，港澳同胞，参展商和中外记者等1万多人出席了开幕式。

在当天的开幕式上，中国空军八一飞行表演队、俄罗斯勇士飞行表演队等，进行了精彩的飞行特技表演。

本届航展是由中国民航总局、中国航空工业总公司、中国航天工业总公司、中国贸促会和珠海市政府共同主办的。

相比1996航展，1998航展展出规格更高，规模更大，实物展出项目增加，展品竞技性和技术难度更强。

本届参展的航空航天界厂商来自20多个国家和地区共500余家，世界排名前20位的航空航天厂商全部集齐。参展面积近6万平方米，参展飞机100余架。

从参展企业的地位，展示的档次，产品的分量，到飞行表演所展现的装备性能和驾驶技术，都代表了当时

辉煌发展

航空航天事业发展的主流和水平。

在参加本届航展的众多厂商中，最显著的是世界排名前20名的航空航天厂商全部来齐，其中包括波音、空客、戴姆勒·克莱斯勒、罗·罗、法国宇航等。

中国民航、中国航空工业总公司、中国航天工业总公司作为主办成员，在展厅中形成"三足鼎立"之势。

英国、德国、法国、俄罗斯驻华机构等组团参展。

法国空中客车"A330"、俄罗斯"苏-30"战斗机、"伊尔-96"运输机等，有近百家外国公司数十种飞机参展。

这些代表着20世纪90年代国际航空航天界先进水平的飞机，大大丰富着观众的视野。

其中，波音、空中客车、戴姆勒-克莱斯勒宇航公司等著名制造公司，都在1996年参展的基础上，进一步扩大了参展规模。

中国航空航天界也以庞大阵容亮相。中国航空工业总公司派出20架飞机参展，展示新中国成立以来70多种型号的飞机模型。

我国自行设计研制的新型战斗机"FBC-1"首次露面，同时登场的还有"Z-11""Y7-200A""Z-9G""K8"变稳机等经改进后性能更为优良的新机型。

"长征"系列火箭、实物展览卫星、地空海防导弹、高科技航天展品，也齐聚珠海航展中心。

本届航展在布展设计上，普遍体现整体性、系统性、综合性和可视性特色，使航展规格提高到一个新水平。

中国航空工业总公司以航空工业展团名义参展，以展示航空工业整体实力，体现展览新观念。采用声光电技术布展的中国航天馆，让身临其中的观众切实感受到实战气氛。

民航系统参展还打破以往封闭式设计，采用开放式格局，利用图表、灯箱、实物及模型等展示手段增强展览效果，使"民航馆"形成四通八达开放式"民航广场"。

飞机表演项目的增加，成为 1998 航展的一大特色。当时，各类飞机及更多的世界一流飞行表演队云集珠海，上演了惊险刺激的"空中芭蕾"。

中国空军八一飞行表演队，以全新装备、全新阵容、全新编队首次公开亮相，使到场的中外观众为之惊叹。

俄罗斯勇士队、加拿大的北极光、英国的金梦等特技飞行表演，以及俄罗斯格洛莫夫试飞院的"苏－27""苏－30"的表演，也使本届航展变得更有观赏性。

11 月 22 日，1998 中国国际航空航天博览会圆满结束。航展组委会宣布，本届航展共签订 30 多项技术合作和经贸协议，在为期 8 天的航展期间，共接待国内外观众近百万人次，其中专业观众超过 5 万人次。

世界航空航天工业界实力排列前 20 名的公司和中国民航、航空、航天等三大系统大企业，都参加了此届航展。其中欧美的空中客车、波音等大型航空工业公司，都在航展期间与客户就技术或经贸合作达成了协议。

中国航空航天系统也在航展期间签订多项合约，涉及卫星发射、飞机制造等领域。中国生产的"飞豹""K8"教练机引起国际航空界及各国空军关注。

"K8"教练机在1997年进入一个销售高峰，向埃及出口80架。

为了更好地推荐自己的新产品和增强学术交流，中外厂商在航展期间先后举办了19场新闻发布会和20场各种类型的学术交流会。

航天总公司在本届航展上充分显示了自己的高科技实力，让人们更多地了解了航天、认识了航天。

航展期间航天总公司共签订了四项大协议，这四项大的协议包括长城公司与香港亚洲卫星公司签订的利用"长征-3乙"火箭发射"亚星4号"卫星的订座协议。

第四研究院与美国祺光公司签订了主要用于燃料汽车代理复合材料气瓶的合同，合同额达1亿元人民币。

中国空间技术研究院与香港某大学签订了共同利用卫星遥感技术，监测香港及南中国海沿海赤潮、开展地球环境资源技术的可行性研究的协议，该院还与香港环境工程有限公司签订了共同开发卫星技术，以努力解决中国沿海地区水产养殖污染问题、推广能源，以及节能技术的协议。

第三届航展体现与国际接轨

2000 年 11 月 6 日，展示世界航空航天工业最新成果的第三届中国国际航空航天博览会，在广东省珠海市国际机场隆重开幕。开幕式于 10 时正式开始。

出席开幕式的有中共中央政治局常委、全国人大常委会委员长李鹏偕夫人朱琳，总参谋长傅全有，广东省委书记李长春，省长卢瑞华，全国政协副主席马万祺，澳门特首何厚铧等领导与嘉宾。

俄罗斯、也门、斯里兰卡、肯尼亚、赞比亚、委内瑞拉、马来西亚等 12 个外军代表团和柬埔寨、菲律宾、越南、老挝 4 个政府代表团也出席了开幕式。

开幕式由李鹏剪彩。

受国务院副总理吴邦国委托，广东省省长卢瑞华在开幕式上致辞，并预祝展会取得圆满成功。

展览会开幕式后举行了精彩的飞行表演。

11 月 7 日，中央军委副主席、国务委员、国防部长迟浩田视察了航展，并会见了外国军事代表团。

由于上两届航展收到了良好效果，本次航展有更多厂商参展。

国内外航空航天产销商预订的展位，比上届大幅增加。国内主要航空航天企业和许多知名国际航空航天企业积极参展。

会场各展台严阵以待，准备迎接世界各地观众。

在航展前，组委会进行认真组织。招商是航展工作的核心，珠海市提出航展要注重专业化、追求国际化，航展公司改变过去依赖代理商的传统招商模式，建立了世界招商代理网络。

航展公司组织招商队伍参加了国际上的大型航展，布置展台，直接向参展商发送航展资料，回复参展商的函件，细致完整回答其问题，密切跟踪落实其需求，主动传达航展信息，收到了较好效果。

同时，航展注重代理商的作用。航展公司的招商代理网络覆盖欧、美、亚三大洲。

第三届中国国际航空航天博览会，其规模和档次可与巴黎、新加坡等世界一流航展并驾，是中国航空航天史上的空前盛会。

与前两届航展相比，第三届中国航展在参展机构、展品、飞行表演，以及管理、组织等方面重点突出一个"新"字。

召开的学术研讨会和新闻发布会比上届增加了 15 场次，举行的项目签字仪式也多过上届。参展机构、实物展品、飞行表演等三个方面，都相当多地在中国首次出现新面孔、新品种、新角色。

国防科工委关于中国航空航天现状与发展计划的第一部"白皮书"，也在航展开幕的当天，向全世界首次发布。

英、法、俄、德等航空航天强国还以政府补贴的形式，鼓励本国的中小型航空航天企业参展。

"跟国际接轨"恐怕是第三届珠海航展上使用频率最高的一句话。

珠海组委会显然想从这一届航展开始，淡化旅游色彩，强调商业特色。国务院批准的"2000 年航展工作大纲"中，几乎每一段都出现"与国际惯例接轨"的字样。

对于许多习惯于传统开幕式的官员们来说，第三届中国航展开幕式显得有些"潦草"。没有主席台，没有设座椅，没有排座次，没有冗长的讲话，也没有表演，嘉宾和专业观众、参展客商、新闻记者，都聚集在平台上。

奏国歌，升国旗，致开幕词，剪彩，就这么简单，整个过程不到 20 分钟。

组委会授权珠海航展有限公司，经营管理展区内的一切，"国家行为，企业运作"的模式，让政府退到了幕后，与具体操作脱钩。政府甚至不再为航展拨款，本届航展的运作资金，完全由航展公司以物业作抵押，以门票收入为偿付保证，向银行贷款。

与上两届相比，航展公司更多地有偿转让无形资产，航展广告专营权、航展标志和吉祥物的使用权、展区内特许经营权、门票销售网络的投标、三星级以上酒店的推介、餐饮供应商的推介、出租车服务推介、通讯服务商推介……总之，一切都是要付钱的。

谁也无权享受赠票了，包括政府要员，"谁请客谁掏钱"，珠海市政府、航空航天四大公司要请嘉宾，也得自己掏腰包。

进入展区经营的工作人员和车辆也得买票，工作证的价钱是门票的 7 倍。甚至记者也不例外，记者证也得花钱买。

同时，展馆内外广告，包括表演队冠名均进行了拍卖。尽管这个急转弯令人有些目瞪口呆，但是，它却把航展推进了国际轨道。

《解放日报》称：

> 尽管已跻身世界五大航展之列的珠海航展与已有近百年历史的"老大哥"巴黎航展相比，仍是个稚嫩的"小弟弟"。但据组委会称，此次航展的国际化程度较前两届已迈进一大步。

本届航展还按国际惯例严格区分专业日和公众日，航展前 3 天为专业日，只对国内外客商及专业观众开放，不售非专业观众参观票。

专业日期间，组委会集中精力组织各类演讲、专业研讨会、产品推介会、合同签字仪式和新闻发布会。解决好参展商遇到的问题，做好现场服务工作，为参展商和专业观众的贸易洽谈、产品展示、技术交流创造了一个良好的环境。

后 4 天为公众日，全部向广大观众开放，售票参观。公众开放日期间，除了各展馆可以自由参观外，每天组委会还将重点组织多场精彩的空中飞行表演。

有关人士介绍，前两届航展的参观人数均近 100 万，超过国外任何一次航展。

从法国巴黎布尔歇国际航展、英国范堡罗国际航展，到莫斯科国际航展、新加坡国际航展，航展日益成为一种商业活动，是商家推销产品和服务的重要阵地。

强调商业性，已经成了国际航展的一个主要特征。

本届航展组织者认识到了这一点，在准备工作中努力与国际接轨，加强了航展的专业化管理。

据组委会负责人介绍，本届航展参照国际航展惯例，制定了一系列科学、专业的管理举措。

本届航展还强化了服务意识，在航展现场，银行将自动存取款机、POS 机安装调试好，电信部门也在展馆里设立了营业厅，他们在航展期间，为中外参展商和来宾提供方便快捷的金融和电信服务。

在新闻中心，航展组织者为采访航展的记者准备了信息服务网和通信服务处。

由于外交部、国防部、民航总局等部门行政权力的推动，本次航展不仅再次吸引了波音公司、空客公司、苏霍伊等全球航天界"巨子"，还迎来巴西、南非、韩国3 个首次参展国的客商。

由国防科工委等单位主办的本届珠海航展，吸引了

27 个国家和地区的近 500 家航空航天厂商参加，参展飞机 89 架，参展面积比上届扩大了 35%。

航展期间共举办 45 场次新闻发布会、学术研讨会和签约仪式，共有 6 个外军要员团、6 个外国军事团、4 个外国政府官员团，近 3 万专业观众参观航展。

本届航展的参展飞机有 80 多种，客机方面，从波音、湾流、"冲 8Q"等世界著名支线品牌，到"运 8"新舟、"直 11"等国产新型民用品牌。

军机领域，从"苏 -30""米格 -31""卡 -50"等世界顶级作战飞机，到"歼 8""直 9"飞豹等国产最新军用战机，诸多品种，为观众揭开了国内外航空界的诸多神秘面纱。

波音公司、联合技术公司、空客公司等世界著名的航空航天公司，在航展期间也亮出他们的王牌产品。

另外，新成立的国际宇航巨头，欧洲防务及航空航天工业集团，以及俄罗斯主要武器出口公司，俄罗斯武器集团公司，在本届航展首次亮相。俄罗斯军用飞机制造厂家，是本届航展最大的军机供应商，其参展面积达 1360 平方米，是上届的 4 倍。

中国、俄罗斯、美国和欧洲都在室外展出了新型军民用飞机，准备在展会上向世界"秀"出自己的风采。

本届航展上支线客机市场被外国参展商普遍看好，参展的支线客机和公务飞机明显多于前两届。

"波音 737 -700""湾流 -V""多尼尔 -328""安 -

140""图－334"和庞巴迪的"冲8Q－400""CRJ200"等10余种世界知名的支线客机和公务飞机齐聚珠海。

参加这次航展的几十种飞机，最带劲的还是国外的、国内的各种新型战机。

当时世界上唯一能与美制"阿帕奇"匹敌的武装直升机"卡－50"，第一次在珠海航展亮相。

中国展出的军机主要有"歼8ACT"改进型战斗机、"直9C"舰载武装直升机，及此前在国庆大典上首次露面的飞豹歼击轰炸机。

俄罗斯军机是本届航展的最大亮点。这次，俄罗斯政府组织了迄今为止最大规模的参展阵容，展位面积是上届参展面积的4倍，而且带来的飞机之多，超过其他26个参展的国家与地区。

除了6架"苏－27"再次进行特技编队飞行、两架"苏－30"再次进行双机特技飞行与空中加油表演之外，还有10余种不同用途的军用飞机从俄罗斯直飞珠海。

其中，具有远洋作战能力、可与美国"F－22"战机媲美的"米格－31"，和具有空地、空空作战能力，能与美国"阿帕奇"武装直升机匹敌的"卡－50"型武装直升机，以及"米－171"武装直升机等，都是第一次在中国露面。它们在本届航展中进行了为期7天的静态展示，并做功能性演示飞行。

"米格－31"是俄罗斯著名的米高扬设计局研制的，是一种双发双座全天候截击机，于80年代装备苏联空军，一直是俄罗斯空军主力战机之一。

该机具有以空空导弹为主的武器系统，可携带 8 枚导弹，并装有一门 23 毫米六管机炮。它航程远，有卓越的超音速飞行性能。经一次空中加油，作战半径可达 2000 千米，能执行多种战斗任务。由 4 架"米格 - 31"组成的编队，可控制前线 800 至 900 千米长的空域。

首次到中国参加航展的俄罗斯"米 - 171"武装直升机，是"米 - 17"的改进型，也是俄罗斯陆军航空兵的主要空中支援武器。

该机换装了新型发动机，为旋翼增设了减震器，极宜在高原、山地和其他交通不便地方作战。其最大载重 4 吨，可外挂 4 个导弹发射架与 6 具火箭发射巢，机头安装搜索雷达，90 年代装备部队以来，一直为各界关注。

在本届航展中最为引人注目的军机，当属俄罗斯卡莫夫设计局的"卡 - 50"武装直升机，是当时世界上唯一能与美制"阿帕奇"匹敌的武装直升机。除了印度空军之外，俄罗斯从未把这种直升机卖给任何国家，也没有到亚洲其他地方参加过任何航展。

这次到中国珠海，是经普京总统亲笔签字批准的，由此可见"卡 - 50"在俄罗斯的"受宠"程度。

这种单座攻击型的直升机被国际航空界誉为"超低空杀手"，俄罗斯则将之称为"狼人"。它采用共轴式旋翼，无尾桨结构，使气动特性对称，从而获得了超低空飞行和飞越障碍的最大安全系数。它还开创了直升机使用驾驶员弹射救生座椅的先河，可在零高度和零速度的情况下弹射救生。

"卡－50"携带空空导弹和速射机炮，可全天候完成低空截击任务，也可进行对地攻击。在本届航展中，"卡－50"的性能飞行表演，将使中国观众一览它的风采。

纵观俄罗斯参展的军机，多达 13 种，且不乏世界著名品牌。因而舆论普遍认为，俄罗斯战机可能在本届中国航展中独领风骚。

不过，作为东道主，中国在本届航展中展出的飞机最多。本届航展的"中国航空航天馆"显得尤为光彩夺目，参展面积达 6000 平方米。

在原中国航空工业总公司基础上新改组的中国航空工业第一和第二集团公司、在原中国航天工业总公司基础上新改组的中国航天科技集团公司和中国航天机电集团公司，都以新的集团公司形象，在本届航展中向世界亮相。

其分属的西安飞机制造公司、哈尔滨飞机制造公司、沈阳飞机制造公司、中国运载火箭技术研究院等众多的国内知名企事业单位，在航展现场推出包括客机、货机、歼击机、轰炸机、直升机、轻型飞机、无人驾驶飞机等在内的 24 个品种。

漫步馆内，"直－11"直升机、"FM－80M"地空导弹武器系统和飞豹歼击轰炸机模型被布置在突出位置，显得分外醒目。观众可以从这里，领略我国航空航天事业近年来取得的新成就。

标志着我国已经具有载人航天飞行能力的"神舟"号飞船，也骄傲地矗立在中国航空航天馆内，与相隔不远的"长2捆""长3乙"火箭遥相呼应，成为本届航展上的拳头产品。

如果说在前两届珠海航展上，"长2捆""长3乙"火箭的实体展示曾给观众带来强烈震撼的话，那么此次"神舟"飞船整流罩、逃逸塔及返回舱的三合一整体首次在航展上公开亮相，与双双矗立在展坪上的"长2捆""长3乙"火箭一起，联袂演绎了中国人征服宇宙的美好前景。

中国最新推出的支线客机是"新舟60"，是中国航空工业第一集团公司的力作，由西安飞机制造公司生产。作为一种中短程支线客运飞机，它在安全性、经济性、驾驶品质、维护性等方面均达到或接近世界同类客机的水平，但价格仅为国际市场的三分之一。

我国投入运营的新一代支线客机"新舟60"是首次在展会上露面。参加本届珠海中国航展，主要任务是与世界名牌支线客机争夺市场。

在珠海航展做飞行表演的一架国产"运12"飞机，是本届航展抵达珠海机场的第一架飞机。"运12"飞机是由中航第二集团所属的哈尔滨飞机制造公司自行研制的轻型多用途飞机，最大商载1.7吨，可载客17人。除客货用途外，"运12"飞机还可以用于旅游、农林等多种用途。

"运12"飞机是我国第一种出口到国外的民用飞机，也是第一种获得英国 CAA、美国 FAA 适航证的中国飞机。

在展览会前，"运12"飞机已累计出口到 20 多个国家 80 多架，创造了国产民用飞机出口国家最多、出口数量最多的纪录。

中国民航总局在 1 号馆展出了全国雷达控制系统。他们以更加灵活、有效的方式与外国航空航天厂商进行了广泛的交流和合作，取得了丰硕成果。为发挥自身优势，发展具有自主知识产权的航空航天事业，全面参与国际市场竞争打下了良好的基础。

中国展出的军机，主要有"歼 8ACT"改进型战斗机、"直 9C"舰载武装直升机，和海内外普遍关注的飞豹歼击轰炸机。

其中，"歼 8"是中国空军主战飞机，也是中国航空工业第一集团公司的力作，由沈阳飞机制造公司生产。它是我国自行研制多用途、超音速全天候战斗机，通过国际合作，具有良好的综合作战性能，具有在昼、夜及复杂气象条件下进行空中拦截、格斗和对地攻击能力。

"直 9C"是中国航空工业第二集团公司的力作，由哈尔滨飞机制造公司生产，整机引进法国"海豚"技术。这次展出的"直 9C"舰载机，是我国生产的第一种舰载武装直升机，装有水陆两用短翼、反潜吊放声呐，并有空舰导弹发射架、火箭发射器和机炮，适合近海支援作战，也可用于在海上对舰攻击。

首次参加中国航展的韩国，派来一架"S427"多用途直升机，并在航展中进行性能飞行表演，以窥测中国市场的反映。

此外，英国、法国、意大利、波兰、乌克兰、加拿大、乌兹别克斯坦等国，也分别送展了各型支线机、公务机、直升机、运输机和轻型飞机。

11月6日，国务院新闻办公室在航展新闻中心多功能厅，召开了"面向21世纪的中国民用航空航天"记者招待会。

11月7日，国防科学技术工业委员会召开了中国民用飞机记者招待会。会议描绘了中国民机工业的发展前景，对中国民机市场进行了预测，并介绍了中国民用飞机工业的行业管理和行业政策。

这些纲领性的文件，为中国民用航空航天的发展指明了方向。

在为期3天的专业日里，莅临本届航展的航空航天科技界人士不分国家和地区，围绕着发展航空航天技术和推进人类和平事业、中国民机市场预测及世界支线飞机市场、21世纪全球航空航天业发展走向等主题，进行了较广泛深入的探讨。

波音、空客、罗·罗、庞巴迪、多尼尔等多家国际航空航天企业也召开了新闻发布会。潜力巨大的中国支线飞机市场，成为本届参展商们讨论的热点，同时，也成为国外航空厂商寻求与中国合作的重点领域之一。

飞行表演历来是世界各大航展最富观赏性的内容。备受瞩目的本届展会飞行表演亦问鼎"国际水准"，英国UBB空中杂技表演队队员手拉手漫步机翼之上。

中国空军八一飞行队在间距5米，高度仅差1米，时速850公里的情况下，挑战"倒挂金钟""五机人字队"等16个高难动作。

本届航展的飞行表演比前两届更加精彩。观众不仅可以现场体验国内外著名特技飞行表演队带来的表演项目的惊心动魄，还可以欣赏到轻型飞机特技表演的优美舒畅。

本届飞行表演安排为11月6日至8日每天表演一场，9日至12日每天表演两场，每场表演两个小时。

作为珠海航展传统项目的飞行表演，这次有来自中、俄、英和国际飞行员工作室的6支飞行表演队，进行总计11场、每场两个多小时的精彩表演。

这6支表演队，有3支是军用飞机特技队，3支是轻型飞机特技队。由于有新面孔出现，也更加抢眼。

中国空军形象大使，空军八一飞行表演队，这次仍然使用"歼7"战斗机做6机编队飞行，但所飞的动作都经过了重新编排。

重新编排后的飞行动作，包括飞机间距仅3米、高度相差仅1米、时速达850公里的"魔鬼编队"以及

"倒挂金钟""六机箭队低空盘旋""四机菱形向上开花""五机人字队、单机超越"等16个令人惊叹的高难度动作,使本届的八一飞行表演队花样翻新。

中国陆军航空兵直升机表演队是第一次在国际航展中亮相。表演队驾驶国产"直9"型武装直升机做50米低空9机"三三三"编队表演,再现国庆50周年阅兵式上飞越天安门广场的雄姿。

已为人们熟知的俄罗斯空军勇士飞行表演队,本届再次驾驶6架"苏-27"战机,从莫斯科经伊尔库茨克直飞珠海。

不过,这6架战机也带来了新的表演动作。它们首尾相接,银翼相依,为观众献上"涅斯捷罗筋斗""郁金花开"等高难绝技,让现场观众大饱眼福。

此外,人们还看到,"苏-30"单机和双机表演以及"伊尔-78"空中加油机为战机空中加油等精彩场面,使人大饱眼福。

本届航展中最为引人注目的飞行表演,当属英国的UBB飞行表演队。

再次亮相国际飞行员工作室"全明星"特技飞行表演队的"空中芭蕾",也是本届航展轻型飞机表演的重头戏。这是他们首次在珠海进行大型轻型飞机配乐编队特技飞行表演。

这是一场大型的飞机配乐编队飞行表演,飞行员配合地面上优美的中国民族音乐,精心编排设计了"珠海空中芭蕾2000"，将艺术欣赏与惊险刺激融为一体。

"全明星"表演队的成员来自世界各国的顶级表演队，这次参加珠海中国航展的，就有著名的捷克"空中搏击"4机编队和法国的"阿帕奇"3机编队。

在"全明星"飞临珠海之前，中国观众还没有在自己的空中领略过"空中芭蕾"表演。

本届航展还有中国的第一支民间特技飞行表演队。这就是隶属于四川航空运动俱乐部的蓝梦飞行表演队。该队由3架国产"初教6"型飞机和一批经验丰富的飞行员组成，他们的彩色拉烟表演，填补了国内的一项空白。

开幕式当天的飞行表演最为引人注目。除中国空军八一飞行表演队、俄罗斯勇士飞行表演队，以及俄罗斯试飞院的精彩表演外，本年度航展飞行表演占据了4个"第一次"：

中国陆军航空兵的9架"直9"型武装直升机组成"三三三"编队第一次在中国航展上表演。

俄罗斯的"卡－50"武装直升机第一次在中国航展上表演。

英国的UBB"空中杂技"表演以及双人双机机翼行走与双手倒立惊险动作，也是第一次亮相中国航展。

国际航联明星表演队的6架轻型飞机，在珠海上空第一次表演了"空中芭蕾"。我国空军八一跳伞队，也在开幕式上做了精彩的跳伞表演。

本届航展引起了中外媒体的关注，有媒体还专门评出了本届航展的几“最”。

第一个坐上动力悬挂滑翔伞航拍本次航展的《南方都市报》记者王景春，被一致认为是最牛的记者。在只有腿部固定，双手举着相机的情况下，他冒着极大的风险，随法国教练飞上了几百米高空，顶着大风抢拍照片。

因为要拍照，王景春不能戴头盔。如果在动力滑翔伞转弯侧身45度情况下，王景春屁股不小心离开飞行伞了怎么办？他将倒挂在空中无法爬回去。他在随后几天，成为珠海当地电视台、报纸等媒体仿效的对象。

还有一个在自家天台上完全靠手工制作飞机的人，他叫张斗三，他被记者一致评为“最敢作敢为的人”。

张斗三在广州海珠区自家住房的天台上，花了3年时间做出“斗强三号”。这次，他是受组委会邀请来珠海航展进行静态展示。据介绍，他的飞机时速可达每小时120公里，飞行高度1500米。所有材料从北京、天津等地买来。

俄罗斯的飞行员似乎个个都是做生意的好手，他们为中国带来的不仅是精彩的飞行表演，还有帽子、徽章、签名。

一顶帽子150元、一枚徽章20到50元、一个签字30元，附送合影留念。

在停机坪上放眼望去，此次航展最大的飞行器，无疑是乌克兰安东诺夫设计局的军民两用运输机“An – 124”。

从它到航展的第一天起，庞大的体积就引起所有观众注目。飞机头部可以掀起打开，每天无数的观众欢快地在它那可以装下国际航联 10 架轻型飞机的"宰相肚里"爬上爬下地留影。

12 日是珠海航展的最后一天，珠海天气骤变，雨下个不停，机场的风速超过每秒 10 米，致使原定的飞行表演计划大受影响。

许多观众顶风冒雨观看飞行表演，甚至有人不用任何雨具，站立在寒风冷雨中，专心体会飞机从头顶呼啸而过的那份刺激。

当天下午，珠海航展于风雨中落下帷幕，据航展执委会公布的数字，在 7 天的展期里，共举行各种新闻发布会、项目签约仪式、产品推介会、报告会、学术交流会等 51 场，超过前两届航展的总和。

参展商之间共签订 30 个项目，价值达 64 亿元人民币，成交各种型号的飞机近 70 架。进场观众达 30 多万人次，其中专业观众 3 万多人。

其中，中国航空工业第一集团公司所属的西安飞机工业集团有限责任公司，与深圳金融租赁有限公司签订的售卖 60 架"新舟 60"支线客机的合同，涉及资金 40 多亿人民币，成为本届航展金额最大的一个签约项目。

空中客车、国际航空发动机公司、日本莫里塔·依柯诺斯公司、韩国航空工业协会、乌克兰安东诺夫航空科学技术联合公司、法国阿流亚等著名航空航天企业，在本届航展上都有签约。

在 7 天的展期中，尽管有几日天气不好，使飞行表演大受影响，但航展还是达到了比前两届规模更大，专业化、国际化、科学化水平更高，成果更丰的预期目标，取得了圆满成功。

中国航展再一次成为世界关注的焦点。

珠海市委副书记、第三届中国国际航展执委会副主任兼秘书长雷于蓝最后宣布，第四届中国国际航空航天博览会定于 2002 年 11 月 4 日至 10 日在珠海举行。

雷于蓝表示：

作为承办地，珠海一定不辜负国家和人民的期望，认真总结前三届的成功经验，不断地纠正和克服不足与缺点，按照"国际化、专业化、科学化"的要求，努力把年轻而又充满希望的中国国际航空航天博览会办得一届比一届好。

第四届航展采取市场化运作方式

2002年11月3日晚17时，在珠海国际会议中心大酒店，第四届珠海国际航展隆重举行开幕式。近千名中外嘉宾参加了参照国际惯例举行的开幕式和欢迎酒会。航展的各项活动正式展开。

金秋时节，美丽怡人的海滨城市珠海以其特有的魅力，再度吸引了世人的目光。国内外航空航天的一批最新成果亮相此次航展。

与往届航展开幕式不同，为了给参展商和专业观众提供一个贸易洽谈、产品展示、技术交流更为宽松和融洽的良好环境，本届航展的开幕式决定提前一天举行。

在开幕式上，嘉宾、专业观众、参展商的代表和记者会聚一堂，奏国歌、升国旗、致开幕词、剪彩，整个过程庄严简洁。

开幕式结束后随即在原地以自助餐的形式举行开幕式酒会。

本届航展在开幕式当晚还首次举行了"走进航展，走进珠海"为主题的大型专题文艺晚会。来自全国知名的文艺工作者为本届航展放声高歌，翩翩起舞，渲染出航展喜庆祥和的节日气氛。

第四届中国国际航空航天博览会由广东省人民政府、

国防科学技术工业委员会、中国民用航空总局、中国国际贸易促进委员会、中国航空工业第一集团公司、中国航空工业第二集团公司、中国航天科技集团公司、中国航天科工集团公司共同主办。

本届航展以"盛事、创新、腾飞"为主题，确立了"新世纪、新航展、新机遇、新发展"的定位。虽然取消了飞行表演，但更加注重在增强航展的专业化、国际化方面下功夫。

参照国际惯例，开幕式安排在3日晚举行，4日到6日为专业人士参观日，7日向社会公众开放。本届航展第一次不举行飞行表演。

珠海市委副书记、本届航展珠海执委会副主任兼秘书长余炳林，就本届航展取消特技飞行表演问题解释说，这一决定是在特定的环境条件下作出的，前不久发生在乌克兰的飞行表演事故引起了国务院的高度重视，为确保本届航展的安全，主办方取消了飞行表演，下届一定会恢复。

另外，中国集邮总公司还在开幕式当天，发行了《第四届中国国际航空航天博览会》专题个性化邮票，以纪念航展开幕。

本届航展比起前三届，政府色彩明显淡化。作为执行单位的珠海市，把本届航展当成品牌来经营，把无形资产的开发和经营作为市场化运作的突破口，改变了过去单一、分割的推销方式。

按照市场的运作规律，本届航展把航展品牌、会徽、标志物的冠名权、专有权等无形资产进行整合、包装，结合航展的有形资产整体推向市场，积极、主动地寻求合作伙伴，有效控制了航展的运行成本。

本届珠海航展以实物展示、贸易洽谈、学术交流为主要内容，参展国家和地区多达 28 个，参展的公司达 370 余家。

参展净面积达 1.5 万平方米，比上届增加了 2000 多平方米，其中国外参展面积突破 5000 平方米，国内参展面积为 7700 平方米。

本届航展期间还举办了"展中展"，第五届（珠海）国际机场展，展览面积为 2000 平方米。

在国内参展商方面，中航一集团公司和中航二集团公司的展品中有三分之二为新展品。

中航一集团展区布局气势恢宏，主题鲜明、亮点突出，突出了整体性、系统性、综合性和可视性，采用声光电和新型装饰材料，充分表现了中航一集团蓬勃发展的崭新面貌。

备受军事迷关注的"FC－1"轻型战斗机，这次以 1 比 1 比例模型揭开了它神秘的面纱；正在研制的国产新型喷气式支线客机"ARJ21"，也展出了它的前舱段模型。

我国自行研发、具有自主知识产权的昆仑发动机等一批最新研究成果，"虎""Z9"武装直升机等一批代表国内先进水平的飞机，也现身本届航展。

"ARJ21"新型涡扇支线客机项目闪亮登场，引人注目。开幕第一天，中航一集团常务副总经理、中航商用飞机公司董事长杨育中，中航一集团总经理助理、中航商用飞机公司总经理汤小平等，在现场隆重推介"ARJ21"，吸引了大量国内外参展商及专业观众。

在五彩缤纷的灯光照射下，"ARJ21"客机座舱段和"FC-1"轻型战斗机全尺寸样机交映生辉。许多观众纷纷在"FC-1"前与假人合影。

在中航一集团大型电视墙下、昆仑发动机前，人头攒动，人们竞相目睹我国第一台具有自主知识产权的航空发动机。

在展馆外草坪上展示的"FTC-2000"高级教练机威风凛凛，迎接着八方来宾。

在它旁边陈列着一架"EV-97"超轻型飞机。这架飞机是由沈阳飞机工业有限公司和捷克埃维特航空工业有限公司联合研制的。

展区共展示中航一集团所属49家企事业单位研制生产的包括飞机、发动机、机载设备和航空科技四大类300多项展品。

中航一集团常务副总经理杨育中说，大力开发具有自主知识产权的航空产品极为重要。他说，民用飞机是一个长期发展的战略性产业，必须得到国家的有力支持。"ARJ21"已经得到国家支持，我们一定能研制出真正满足市场需求的好飞机。

刚刚组建 3 年的中国航空工业第二集团公司，在本届航展上全力推出自己的新产品和新项目。

11 月 2 日，中航二集团在珠海度假村酒店，率先举行了本届航展的第一个新闻发布会，向来自国内外的 100 多家媒体的记者及数百位国内外航空界人士宣布，将在未来 5 年内推出 8 个民机新产品，而其中最引人注目的，就是该公司研制开发的 50 座级的涡扇支线飞机。该机型在当年即可完成与国外的合作开发与生产，预计在 12 个月内向客户交付首架飞机。

在中航二集团所在的 2 号展馆，一幕巨大的灯箱屏幕引人注目，中航二集团的直升机、运输机、农用机、教练机等尽收眼底。

一旁的"直9"武装直升机则宛如一只虎视眈眈的猎豹，其威严的气势让人生畏。随后的"运 12"系列、"运 8"系列，以及精致靓丽的"直 9H425"直升机座舱段不得不让人驻步流连，伸手摸一摸、登上坐一坐，更有人往返数次细细询问。

那些极为专业的机载设备、发动机产品，吸引了更多的专业人士。此次参展中航二集团做了充分准备，也达到了预期目的，为更多的专业人士和参观者，全面展示了集团公司系列化的航空产品和具有国际先进水平的发展实力。

中国航天科技集团公司、中国航天科工集团公司展出近五分之四的新展品。其中包括"神舟"飞船实物模型和返回舱实物、新一代运载火箭、新一代大型静止轨道通信卫星、现代小卫星等最新技术成果。

还有被朱镕基总理称为"具有中国特色的创造发明"的航天税控系统、维系国计民生的"南水北调"仿真工程等高科技民用产品。

3 年前自太空归来的"神舟一号"飞船返回舱，静静地立在第四届中国国际航空航天博览会展厅，第一次与中外观众见面。

飞船返回舱是航天员的座舱和飞船的指挥控制中心，位于飞船中部，为密闭结构，其上端有舱门，供航天员进出轨道舱使用，也是飞船中唯一再入大气层返回地面的着陆舱段。

"神舟一号"飞船返回舱外形为钟形，外部用耐高温的复合材料制成。返回舱高 2.5 米，直径 2.5 米，重约 3 吨，可载 3 名航天员。

展出的"神舟一号"返回舱于 1999 年 11 月 21 日着陆于我国内蒙古中部地区，它是我国航天史上具有重大意义而且珍贵的实物。

为了确保返回舱从北京运输到珠海途中的安全，航天科技集团采取了一整套严密的措施。

在展出中，还专门为它设计制作了全封闭的玻璃大展柜，并配有特殊灯光。与飞船一同返回地面的面积达 1200 平方米的巨型降落伞，悬挂在返回舱的后上方，它在飞船返回地面时起减速作用，使航天员能够安全地实现软着陆。

尽管各方面对"歼10"的呼声很高，但考虑到保密因素，"歼10"战机还是不能参加本次航展。

"歼10"战斗机是一种可与西方当代战机相匹敌的第四代战斗机，最重要的是它增加了载弹量，可携短中远各型导弹及对地对海导弹与炸弹和隐身性能，并可作间歇超音速巡航，具备第五代战机性能。

虽然"歼10"没有参展，但组委会已经准备了另外3架同样先进的机型参展。其中的"虎""Z-9"等一批最新研究成果的武装直升机，也同样能满足军事爱好者的猎奇心理。

在航展馆内，中航二集团表示，在今后的3到5年内，他们将陆续推出8种民用飞机新产品，其中50座新支线客机将会引起广泛关注。

中国航空工业一集团则宣布，将研制生产70座新支线客机。中航二集团的工作人员解释说，竞争肯定存在，不过关键还是因为随着入世和我国三大航空集团的重组，我国支线航空运输突显出巨大的市场潜力。

中航二集团正好拥有对口生产和研发能力，所以在经有关主管部委的批准后，决定为50座支线客机立项。

我国三大航空集团重组后，都相继对支线航空运输表示了极大的兴趣，而中国南方航空集团更是预订了40架法国航空区域公司的支线飞机。

首次亮相的国产私人飞机尤其引人注意，由研制中国飞豹飞机的西安飞机设计研究所设计的一种单发、螺旋桨驱动的轻型多用途飞机"小鹰－500"飞机，成为许多人关注的焦点。

"小鹰－500"基本型为4座，含驾驶员，经济型为5座。主要用途为运输类飞机飞行员初级教练机，也可作为公务机、旅游机使用。

全机长7.753米，高3.035米，最大燃油重量235公斤，设计航程1640公里。"小鹰－500"估计售价为200万人民币。

国外方面，著名航空航天厂商波音公司、联合技术公司、空中客车公司、欧洲航空防务航天公司、英宇航、罗尔斯·罗伊斯发动机制造公司、苏霍伊、俄罗斯武器进出口公司等纷纷参展。荷兰、摩尔多瓦等首次以国家展团的形式出现在珠海航展上。

在本届航展上，有一批当今航空航天技术的新成果闪亮登场。波音公司研制的"音速巡航者"、空中客车公司最新研制的"A380"飞机的1比50模型，巴西航空工业公司最新支线飞机"ERJ－170"的实体模型将使观众有机会目睹当今最新的民用飞机。

在航展现场，除了价值昂贵的VIP公务机以外，还展出了价格不菲的两架直升机。位于展场中间位置的中信海直展出的一架直升机，价格达到400万美元，如果租用的话，则一小时3.6万元，不足1小时按1小时计算。

据这架直升机的驾驶员介绍，这架小小的"EC-135"型天蓝色的直升机，是半年前中信海直从欧洲直升机公司购得的，主要用于海上直救任务，半年来已经出行了 26 次任务。由于性能优良和技术超前，除了海上直救以外，还被用于各种商业用途。

由于本次航展取消了特技飞行表演，参展人数少于往年，其中专业人士达 3 万人次，普通观众为两万人次。

虽然此次航展取消了特技飞行，但一些飞机制造商仍是异常重视。波音公司在波音展馆里特意开辟出一个展位来重点展示其公务机产品，展示音速巡航机的比例模型。音速巡航机是当时波音民用飞机集团领先产品研发项目，显示了波音在航空航天技术领域领导地位。

波音有关方面表示，特技飞行的取消虽然会减少参展观众，不过专业的航空业和航空制造业，更加刺激他们对本次航展的投入和重视。他们表示，三大集团重组后的新的中国航空市场，将有着更大的潜力，2002 年是波音与中国航空业携手合作 30 周年，波音将努力做中国航空业解决方案的最佳供应商。

另外，"飞机奇人"张斗三再次带着他自制的飞机来到珠海航展现场。展出前，他和伙伴们将飞机展品一遍遍地维修和检查，力求展出期间万无一失。

张斗三的飞机停在停机坪比较显眼的地方，观众可以轻而易举看到。同时，他还将福建泉州的好友高永宁研制的旋流直升机的模型，也带到了展览现场。

张斗三介绍说，这是一种依据龙卷风原理，利用藏在机身内部的几组大型涡轮制造上升气流，从而升空的机型，于2002年下半年研制出炉，当时还没有申请专利，飞机还处于理论式概念机阶段。这是这种概念机模型第一次在公众场合进行展示。

面对经济全球化所带来的机遇和挑战，各个国家和地区的航空航天参展商，十分重视在世界最大市场之一的中国举办本届航展商机，表现了空前的热情和主动。

在航展期间，各国及地区的参展商之间签订了20个项目价值37亿美元的各种合同、协议、合作意向。

其中最大签约项目是价值3.5亿美元的长期合同，这一合同是罗尔斯·罗伊斯公司与维珍航空公司签署的，旨在为该公司新型远程空中客车发动机提供售后支持。

另外，该公司还赢得向中国国际航空公司提供价值3000万美元的发动机的订单。

空中客车公司与中国航空工业第一集团公司签订了价值为1.7亿美元的飞机部件转包合同，哈尔滨飞机制造公司与西部金融租赁有限公司签订了15架民用直升机和15架海豹直升机购买合同，加拿大CAE国际控股有限公司与中国南方航空股份有限公司合资组建的珠海翔翼航空技术有限公司成立，所有这些，都标志着我国民航飞行训练冲出亚洲，走向世界。

庞巴迪、波音、安东诺夫设计局、俄航天设备文化局等著名航空航天企业都有签约。不少航空航天企业还专门召开招商引资洽谈会和产品推介会。

"FTC–2000"高级教练机、"FC–1"轻型歼击机、"ARJ21"支线飞机、昆仑发动机、"A380"空中巨轮、"ERJ170"等一批正在研制或刚研制成功的中外航空航天精品,昭示着新世纪航空航天发展的潮流。

在为期4天的航展期间,频繁的技术交流会、高规格研讨会,为本届航展奏出一台"蓝天交响乐"。

莅临本届航展的各国航空航天界的专家学者纷纷围绕经济全球化带来的机遇和挑战、我国的资本市场与航空航天产业的现状和发展、航空企业信息化等主题,进行了深入的探讨。

其中,"2002中国国际航空航天高峰论坛"和"首届中国航空航天资本论坛"以高水准、高质量、全方位、多层次的论述,博得了业界权威人士的充分肯定。

波音、空中客车、巴西航空工业公司、庞巴迪等多家国际著名航空企业,纷纷发布他们长期关注和研究中国航空市场的预测报告,表明中国市场对他们的巨大吸引力。

研讨结果表明,中国潜力巨大的支线飞机市场和公务机市场,成为本届航展参展商争夺的焦点,同时也成为国外航空厂商寻求与中国合作的重点领域之一。

本届航展引起关注的"首届中国航空航天资本论坛",按照市场化运作模式策划、组织和实施,取得成效。

以市场运作的本届航展的"展中展"第五届（珠海）国际机场展，不但丰富了本届航展内容，并拓宽了航展的发展空间，为民营企业和合资企业提供了国际交流与合作的机会。

11月7日下午，航展如期落下帷幕。本届航展在专业化、国际化、科学化、市场化方面迈上了一个新台阶，获得了圆满成功。

来自世界28个国家和地区的近370多家航空航天企业参加航展，室内展位面积达1.5万平方米，比上届航展扩大了21%。

航展期间举行的峰会论坛、新闻发布会、项目签约仪式、新产品推介会、市场预测报告会、学术交流研讨会、记者招待会等达62场次。

各国及地区的参展商之间签订20个项目价值37亿美元的各种合同、协议及合作意向，成交各种型号飞机31架，共接待专业观众6万人次。

学术研讨规格高，专业化氛围浓厚是本届航展的主要特点。

本届航展的第二大特点是商贸洽谈活跃，国际化水平突出。

本届航展的展览程序逐渐与国际惯例接轨，是市场化运作、具有科学化水平的一届航展。

第五届航展体现八大亮点

2004 年 10 月 31 日下午，由广东省政府、国防科工委、中国民航总局、中国贸促会、中国航空工业一集团、中国航空工业二集团、中国航天科技集团和中国航天科工集团共同主办的第五届中国国际航空航天博览会，在珠海度假村举行开幕式。

中共中央政治局常委、国务院副总理黄菊，中共中央政治局委员、广东省委书记张德江出席了开幕式。黄菊宣布航展开幕。

开幕式由第五届中国国际航空航天博览会组委会副主任、广东省副省长游宁丰主持。第五届中国国际航空航天博览会组委会珠海执委会主任、珠海市市长王顺生致欢迎词。

第五届中国国际航空航天博览会组委会主任、广东省省长黄华华，在开幕式上发表了热情洋溢的讲话。

黄华华首先代表本届航展组委会和广东省人民政府，对前来参加这一盛会的国内外嘉宾表示热烈的欢迎。向所有关心、支持中国航空航天事业发展的朋友们表示衷心的感谢。

黄华华在讲话中说，与往届相比，本届航展更加注重按照国际化、专业化、科学化、市场化、品牌化的方

式运作，办展水平和服务质量有了进一步提高。

本届航展有来自世界 32 个国家和地区的航空航天领域的厂商，多个国家的军政要人、大批专业观众、嘉宾和中外新闻界的朋友参加，将展示一大批代表世界一流水平的航空航天产品，开展广泛的商贸交流合作，进行一系列高层次的学术研讨活动。

国家有关部门负责同志张云川等，军队有关方面负责同志李安东等，广东省负责人，陕西省负责人，主办单位和其他有关单位的负责人，中国首位登上太空的宇航员杨利伟，广东省武警总队负责人，以及航展各主办单位有关部门的负责同志，组委会邀请的其他嘉宾，国内参展企业的代表出席了这次开幕式。参加开幕式的还有众多来自国外的嘉宾。

开幕式前，黄菊在珠海度假村酒店会见了瓦尔杜齐，欧洲宇航防务集团公司总裁菲利普·加缪、齐库等有关国家的政府官员和参展企业负责人。张德江、张云川、黄华华等陪同会见。

开幕式结束后，组委会举行招待酒会，欢迎出席本届航展的各方嘉宾。

11 月 1 日 9 时刚过，黄菊在张德江、黄华华，副省长游宁丰，珠海市委书记方旋，市委副书记、市长王顺生等的陪同下，来到第五届中国航展现场参观。

黄菊对中国航展促进国际航空航天事业交流、为世界各国了解中国航空航天现状所发挥的作用予以肯定。

在 1 号馆国际馆和 2 号馆中国馆两大展馆里，黄菊先后来到罗尔斯·罗伊斯公司、空中客车公司、波音公司、俄航技、俄武器进出口公司和中国航空工业第一集团公司、中国航空工业第二集团公司、中国航天科技集团公司、中国航天科工集团公司等展台前，和新老朋友热情地打着招呼，亲切地握手、交谈。

黄菊对中国各航空公司积极参加第五届中国航展表示感谢。他还认真听取各参展商对参展情况的介绍，预祝参展商们取得好的成绩。

在中国馆参观时，当听到一项又一项标志着我国航空航天事业取得极大进步和骄人成绩的展品介绍时，黄菊露出了欣喜的笑容。对于探月工程、"ARJ21"支线飞机等最新成果，黄菊表示了浓厚兴趣，不时提问了解有关情况。

参观结束后，黄菊还来到停机坪上，亲切看望了正准备进行特技飞行表演的中国空军八一飞行表演队的队员，并祝他们的表演取得成功。

作为第五届中国航展的开场序幕，由国防科工委、中国民航总局主办，中国航空工业第一集团、第二集团、中国航天科技集团、中国航天科工集团、珠海市人民政府协办的"2004 中国国际航空航天高峰论坛"，也于开幕式当天在珠海度假村隆重举行。

中国国防科学技术工业委员会、中国民用航空总局、中国气象局等政府主管部门官员，中国航空工业第一集团公司、中国航空工业第二集团公司、中国航天科技集团公司、中国航天科工集团公司、空中客车公司、GE 交通运输集团、巴西航空工业公司等中外航空航天工业界的巨头以及相关科研机构、院校的专家、学者近 300 人相聚一堂，以"中国航空航天业的发展与市场机会"为主题，展开热烈研讨与交流，共商中国以及世界航空航天业的发展大计。

珠海市委副书记、市长王顺生代表珠海市委、市政府，在论坛开幕式上致欢迎词。

王顺生在致欢迎词时说，中国国际航空航天高峰论坛作为中国航展的开场戏和重头戏之一，是中国航展国际性和专业性的重要体现。同时，论坛将为中外航空航天业加强沟通架起桥梁，为寻求合作搭起平台。他表示，珠海将会努力办好中国航展这个国际性的盛会，更欢迎中外航空航天界的巨头前来投资、创业和发展。

在本次高峰论坛上，"中国"成为全场关注的焦点。18 位中外航空航天界的高层官员、业界精英和专家学者，从各自不同的角度，发表对中国航空航天业市场的专题演讲。内容涉及中国航空航天业的回顾与展望、民航的改革与发展、航空工业、产业和宇航技术的进展以及直升机、支线飞机在中国的市场前景等。

大家一致认为，中国航空航天业发展空间广阔，市场潜力巨大，通过加强与世界同行全方位、多层次、宽领域的友好交流与合作，必定能促进中国与世界航空航天业的共同发展。

新的一届，新的面孔。与往届不同的是，第五届中国航展首次推出了自己的吉祥物，还取了个很有深意的名字"飞飞"。

"飞飞"表情活跃欢快，展开翅膀，仿佛在天空自由地翱翔，使人很自然地就把它和航天联结在一起。吉祥物的主色调为蓝色，象征浩瀚的蓝天，辅以红色，看上去活泼喜庆。

"飞飞"的诞生非常不简单，是从近20幅风格独特的作品里评选出来的，创作者是珠海教育学院一名学生。

"飞飞"叠字的叫法读起来朗朗上口，令人一下子就记忆深刻。在意义上，"飞飞"一语点明人类智慧的结晶在天空上所表现的最基本的形态，就是"飞"，紧紧贴近航空航天主题。

在形体上，"飞飞"有着一个风吹起般卷起的头型，使人很自然地和航天联想在一起。无论是从名字上还是形体上，它都围绕着航空航天，处处体现着航展的主题。

在推出吉祥物"飞飞"的同时，第五届中国航展还第一次有了航展主题歌《飞》。《飞》由倪永东作词、肖白作曲。珠海市市长王顺生为歌曲题签。航展期间，会歌MTV音乐片在全国各大电视台播放，成为中国国际航空航天博览会永久会歌。

本届航展的参展国家和地区数量达到32个，超过历届，室内参展面积超过1.6万平方米，比上届增长15%。

以波音公司、空中客车公司为代表的航空航天国际知名企业积极参展，其中，美国、法国、德国、俄罗斯和意大利等国参展规模有较大增长。

俄罗斯雨燕特技飞行表演队、中国空军八一飞行表演队等特技表演将同台献艺，做精彩的飞行表演。

航展举办日期为 2004 年 11 月 1 日至 7 日。

在本届航展上，有媒体总结出了"八大亮点"。

一是中国第一位"太空使者""航天英雄"杨利伟"飞临"航展。当中国首位太空人、"航天英雄"杨利伟到达珠海，从黄色面包车上走下时，欢迎人群中响起热烈掌声，两名少先队员向他献了鲜花。

杨利伟说，珠海航展在国内和国际上都具有很高的知名度，是中国向国外展示自己的航空航天技术，以及跟国际同行交流的平台。

杨利伟出席了第五届航展开幕式，并参观航展展台和航空航天展品，还与现场同行和观众进行互动交流。

航展期间，杨利伟还为《珠海特区报》写了题词。题词写道：

向《珠海特区报》广大读者问好！祝第五届中国航展圆满成功！

第二个亮点是特技飞行表演恢复。

上届航展出于安全考虑，取消了所有的特技飞行表演，成为看客心中的一大遗憾。不过，本届航展让航迷们大饱眼福。

除中国空军八一飞行表演队、英国金梦特技飞行表演队和 UBB 机翼行走特技飞行表演队等再次献艺珠海外，俄罗斯联邦空军雨燕特技飞行表演队，首次携 5 架"米格 - 29"莅临珠海，上演精彩的"空中芭蕾舞"。人们在航展中心上空，再次看到了他们的经典特技动作"眼镜蛇"。

第三个亮点是俄尖端战机亮相。

"米格 - 29M2"型双座多用途攻击战斗机，是由俄罗斯最重要的军工企业之一，RSK 米格公司最新开发的展品，是"米格 - 29"型飞机的改进型，具有超视野作战能力。

"苏 - 27SK"战斗机是俄罗斯在"苏 - 27"基本型战斗机的基础上改进而来的一款多用途战斗机，它也第一次在航展上"露脸"。

第四个亮点是国产战机整装进场。

备受关注的中国新一代高级教练机"L15"究竟是啥模样？期待已久的航迷们终于在航展看到，以 1 比 1 比例出现在展位上的"L15"模型。当该展品"登台"后，立即成为 2 号展区中的一大"亮点"。"L15"主要有两大优点，即良好的启动平台和先进的综合航电。

第五个亮点是 45 架实物飞机临展。

第三届航展时，是以飞机模型参展为主，而本届航展以实物展示为主。这其中包括参加飞行表演的 5 架俄罗斯"米格－29"战斗机、1 架"苏－27SK"战斗机、2 架英国波音斯帝尔蔓双翼飞机，还有 8 架中国"歼7"战斗机。香港特别行政区也有 7 架民用飞机和直升机参加航展现场的飞行表演。

第六个亮点是梦想飞机模型曝光。

在这场盛会中，波音公司以超强大的阵容参展其最新产品，包括备受关注的"波音 7E7"梦想飞机模型。该飞机是世界上满足更高航班频率、更多点到点不经停直飞航班需求的最新理想机型，其家族包括"7E7－3""7E7－8"和"7E7－9"。

第七个亮点是"嫦娥一号"最庞大。

耸立在展区的探月工程雕塑和"嫦娥一号"卫星模型，是展区中规模最为庞大的展品。"嫦娥一号"是我国旨在进行月球探测的"嫦娥"一期工程重要项目之一，这一项目于 2004 年 2 月才刚刚正式由国家批准立项。航迷们在这里可以一饱眼福。

第八个亮点是巨额保单商客都保。

中国太平洋保险公司为此次航展投下 627 亿的巨额保单。保险范围包括游客的意外伤害、参展商展品在运输过程和展览过程中的意外损伤。这么大数额的保险，在历届航展中可都是没有的。

有了这八大亮点的本届航展，赚足了人们的眼球。

展馆内琳琅满目的各种展品，吸引了世界目光。航迷们在现场看到，在国外知名客商云集的 1 号馆里，各家展台争奇斗艳，波音公司、AAR 公司、欧洲航空防务和航天公司及其下属空中客车公司和欧洲直升机公司、史密斯宇公司、庞巴迪公司等国际知名航空公司……每个展位都吸引了不少观众流连。

在醒目的 MTU 标志后，是德国最大的发动机制造商摩天宇的展位。该公司已是第五次参加航展。

不同的是，此次摩天宇的参展主办方是珠海摩天宇。摩天宇因为航展而结缘珠海，珠海因为摩天宇而在中国航展的参展商中有了一席之地。

而此次珠海摩天宇的展位，也是该公司参加航展以来面积最大的一次。珠海摩天宇总裁兼首席执行官华尔特说，航展是一个很好的展示实力以及与客户交流的平台，这次珠海摩天宇的展位与规模都有所提升，开展以来推广效果良好。

在航展开展前，摩天宇还与国内 4 所航空院校签订了联合培训项目的意向书。

同时，国内最大的飞行培训基地珠海翔翼航空技术有限公司，举行了新址奠基仪式。该公司在短短两年多的时间里，已经一跃成为国内拥有模拟机设备最多、训练业务量最大的飞行训练机构。

正如第五届中国航展组委会主任黄华华所言，航展已经成为中国航空航天的品牌，为中国航空航天事业走向世界架起了新的桥梁，有力地促进了世界各国航空航天界的交流和合作。同时，航展也让珠海与航空航天越来越紧密地联系在一起。

中国航空航天产业的飞速发展，同样让中国馆成为中国人的骄傲。中国民用航空总局，中国航空工业第一、第二集团公司，中国航天科技集团公司，中国航天科工集团公司等主办单位，都组织了大规模的参展集团，四大集团基本占据了整个 2 号展馆。

在这里，人们可以看到中国当时最先进的"H425"直升机、"直9"民用飞机、"运12E"型机、中国最新一代山鹰高级教练机、"歼教7"。

研制中的新一代高级教练机"L15"全尺寸模型和即将开发研制的 6 吨级直升机模型，也首次在国内航展亮相，这些都吸引了不少国内外参展商驻足。

"神舟五号"返回舱、航天服和降落伞的展出，让人们再一次为中国航天的骄人业绩而骄傲。

展馆外的停机坪上同样热闹，"BD－205"水陆两用型飞机、"AH－38－120"型飞机、"苏－27SK"等虽然是实机的静态展示，但让在馆内看模型没有看过瘾的观众，与真飞机来了个面对面，一下子找到了许多亲切感。

而蓝天上翱翔的还有"苏－27SK"战斗机、英国的金梦、英国的 UBB……一切都让观众大饱眼福。

在展馆旁边的新闻中心，在开幕后 3 天的时间里，就举行了30 多场新闻发布会、签约仪式上成交项目以及意向性项目金额达 38 亿美元，显示了航展为各家展商带来的无限商机，也显示了中国航空航天事业发展的远大前景。

中国航空工业第一集团公司西安航空发动机（集团）有限公司先拔头筹，于开展当天上午，就与中国航空器材进出口集团公司、法国斯奈克玛发动机公司签订了3371万美元的三方合作协议，标志着西航集团已经成为世界级航空发动机盘件制造商。

中国航空工业第一集团公司西安航空发动机（集团）有限公司、中国航空器材进出口集团公司与法国斯奈克玛发动机公司自1995年开始合作，截至2004年9月底，累计交付额已达1659万美元。

此次三方协议的再次签订，为西航集团公司实现"十一五"外贸转包生产年创汇1亿美元目标打下坚实基础。

另外，奥地利钻石飞机工业公司和中国泛美国际航空学校有限公司，签订了在华第一家共计60架飞机的销售合同，总额达2000万美元。中国航空技术进出口公司与哈飞航空工业股份有限公司签订了20架"Y12"系列飞机收购合同。

各个新闻发布会上，也是好消息不断。在民用飞机中国市场网络版预测年报新闻发布会上，中国航天工业第一集团公司发布了对民用飞机中国市场的最新预测结果：

辉煌发展

在未来的 20 年里，中国民用飞机明显高于世界平均水平，一共需要补充 2194 架客机。

在空中客车公司记者招待会上，空客明确表态，将加速进入中国市场，目标是在中国取得至少 50% 的市场份额。

11 月 7 日，为期 7 天的第五届中国国际航空航天博览会降下帷幕。

此次博览会在"专业化、国际化、科学化、市场化、品牌化"等方面都迈上了新的台阶。

来自世界 32 个国家和地区约 500 家航空航天企业参加了本届航展，展出各种类型飞机 51 架。参加的国家超过历届航展，其中阿联酋、希腊、瑞典、芬兰、印度、智利、伊朗等国家携带各自最新的航空航天产品、飞机配件、运行系统首次参展，成为中国航展的新成员，有力地提升了本届航展的国际化水平。

航展期间举行的峰会论坛、新闻发布会、项目签约仪式、新产品推介会、市场预测报告会、学术交流研讨会、记者招待会等达 34 场，各国及地区的参展商之间签订了 18 个项目价值 45 亿美元的各种合同、协议及合作意向，成交了 95 架各种型号的飞机，共接待专业观众 8 万人次，普通观众 15 万人次。

来自国内外 137 家的新闻单位，参加了本届航展的宣传报道。

航展期间，莅临本届盛会的各国航空航天界的专家学者，纷纷围绕着中国航空航天业的发展与市场机会等主题，进行了深入而专业的探讨。各类高规格的学术会议和论坛专业氛围浓厚，为增进我国与国际航空航天领域的交流与合作作出了巨大贡献。

"把航展作为品牌来经营，市场化运作更灵活"是本届航展根据时代的发展要求提出的。无论是本届航展主题歌、中国航展吉祥物"飞飞"的推出，还是多家特约服务经营商的确定，都是按照市场化的运作模式来策划、组织和实施的，从而保证了此届航展的圆满成功。

"国际机场展"和"航空航天制造装备展"两大专题展中展的举办，极大地丰富了本届航展的内容，拓宽了航展的发展空间，为民营企业和合资企业提供了一个国际交流与合作的机会。

"华夏龙情蓝天盛会"大型航展演唱会和"美丽天使"空姐大赛，无疑使本届航展更为深入民心。

来自各方的赞誉和好评均认为，此届航展得以圆满画上句号，还应归功于本届航展执行单位，珠海市政府的精心策划和统筹安排，使本届航展在办展水平方面取得了新的进步。

航展让更多的人认识了珠海、了解了珠海。珠海在世人面前，又一次表明自己迈向国际化大城市的强有力步伐，显示出举办大型世界性活动的卓越能力，也为自己积累了宝贵经验，为进一步对外开放带来了无数机遇。

第六届航展充分体现创新精神

第六届中国航展于 2006 年 10 月 30 日隆重开幕。

航展主办方在新闻发布会上介绍了本届航展着重推介航空航天制造业、民航运输业、通用航空、航空基础设施、航空安全、宇宙探索、导弹武器等领域的前景和合作机会，为中外航空航天企业开展技术交流和经贸合作创造良好的条件。

本届航展室内展览净面积超过 1.7 万平方米，参展国家和地区超过 30 个，参展的各型飞行器实物约 50 架。

中国民用航空总局，中国航空工业第一、第二集团公司，中国航天科技集团公司，中国航天科工集团公司等主办单位启动大规模的集团参展组织工作，室内参展净面积达 7700 平方米。

其中，中国航空工业第一集团公司的"枭龙"战斗机首次公开亮相，并允许参观者近距离接触。中国航空工业第二集团公司的 L15 猎鹰高级教练机也首次以实机的形式参展。

外国参展厂商方面，参展国家和地区达 23 个，波音公司、欧洲航空防务和航天公司、空中客车公司、俄航技、米格集团等国际知名的航空航天企业，参加了本届中国国际航空航天博览会。

此外，英国宇航协会、德国宇航协会、荷兰宇航协会等国外专业机构和协会对此次航展持乐观态度，纷纷扩大这届航展的宣传力度，吸引了更多的本国航空航天企业参展，扩大了本国集团的参展面积。

特技飞行表演是珠海航展的重要内容之一，邀请了中国空军八一飞行表演队和跳伞运动大队、俄罗斯勇士特技飞行表演队和英国雅克特技飞行表演队参加本届航展。

此次展会展现了诸多亮点，成为本届最大看点。

亮点多为"中国制造"。此次航展号称规模空前、展商云集，主会场紧邻珠海机场，距市区50公里左右，共有三个场馆。

在主办方公布的展会亮点中，多数为国内项目。此次前来参展的军用飞机不在少数，其中"中国造"占绝对优势。

此前备受关注的"枭龙"战机也首次公开亮相。代表中国最高教练机水平的山鹰高教机和L15猎鹰高教机也在珠海航展中首次公开亮相。

俄罗斯"勇士"和英国"金梦"的亮相，也是最大的看点。29日16时30分左右，一架伊尔-76运输机抵达珠海航展的会场，俄罗斯空军十六集团军总司令瓦列伊中将带领着勇士特技飞行表演队成员从机上缓缓走下。

此次来珠海做飞行表演的勇士队员加地勤人员总共有76人之多。14时左右，第一批勇士队员就驾驶着5架

"苏-27"重型战斗机抵达了珠海，而俄罗斯空军副总司令诺科维岑上将也于开幕日抵达珠海。

勇士飞行队成员于28日抵达中国，在呼和浩特休整一夜后到达珠海。一下飞机，队员们就立即列队训练，地勤人员也开始进行设备检查等工作，完全不顾旅途的劳累，其硬朗干练的作风给人们留下了深刻印象。

勇士特技飞行表演队是世界上唯一使用重型歼击机进行编队高级特技飞行的，此次航展中他们进行一场训练飞行和七场特技飞行表演。除了表演耳形编队、风筝编队、喷泉状散开等动作外，勇士还首次展示其全新编排的一套动作。

11月4日是第六届中国国际航空航天博览会的公众开放日。9时刚过，来自全国各地的观众就挤满了展厅。最为吸引人们目光的，是那些充满了创新精神的新技术、新产品。

在中国馆的展台上，新一代运载火箭、"神舟六号"飞船返回舱、月面巡视探测器、新型无人作战飞机、新一代大功率通信卫星以及"雷石6"制导滑翔炸弹和"雷霆2"激光制导炸弹，无不引得观者如潮。新舟60涡桨支线客机、ARJ21系列支线飞机、首次亮相的L15猎鹰高级教练机、山鹰高级教练机、小鹰轻型多用途飞机等"中国制造"的新型飞机，更是成为观众青睐的看点。

国际航空巨头的创新步伐丝毫没有停滞。波音公司展出了"787 梦想飞机"的模拟客舱，吸引了众多观众排队进入，以体验融合了当今航空工业多项最先进技术飞机的神奇之处。作为竞争对手的空中客车公司毫不示弱，展示了比例为 1∶20 的当时世界最大的飞机 A380 的全双层模型，让现场许多观众由衷赞叹。

CFM 发动机的展台上醒目地写着"如果你停止进化，你将无法飞行"的公司理念。这家已经为世界航空业提供了 1.7 万台发动机的公司，出人意料地用树脂连续合成的复合材料制作发动机叶片，使人们充分领略到了创新的力量。

另一家著名航空发动机生产商英国罗尔斯·罗伊斯公司则展示了性能先进的"遄达 900"发动机模型。这种发动机在世界上高推力发动机中排废最低，噪音只有前一代产品的一半，是一种饱含创新精神的高科技产品。

"创新，总是让我们振奋！"前来参观展览的中山大学的一名学生说，"航展不仅让我们了解到了国际航空航天领域的最新成果，更激发起了我们不断开拓创新的激情和动力。"

在本届航展期间，各国及地区的参展商之间签订了价值 30 亿美元的合同、协议及合作意向。

中国航天科技集团公司分别与中国卫星通信集团公司、鑫诺卫星通信有限公司签订了三颗卫星和三枚运载火箭的订购协议，协议金额高达 20 亿元人民币；中国一航西安航空发动机（集团）有限公司与法国斯奈克玛发动机公司签署了 2007 – 2012 年 CFM56 发动机和 GE90 发动机，以及正在共同开发研制的 GP7200 发动机高压压气机盘类零件三方合作协议，协议出口交付总额为 1. 77 亿美元。

此外，各种类型飞机的成交也较为活跃，中国一航西飞集团与奥凯航空有限公司签订了 30 架新舟 60 飞机购机框架协议；中国一航西飞集团与中国航空技术进出口总公司签订了 30 架新舟 60 飞机订购合同；上海电气租赁有限公司与中国商用飞机有限公司举行了购买 30 架 ARJ21 – 700 支线飞机意向书签字仪式；上海航空公司与空中客车公司签署了 5 架空中客车 A321 飞机的购买合同。

在本届航展上，中国航空航天四大集团公司以更加灵活、更加有效的方式与外国航空航天厂商进行了广泛的交流和合作，并取得丰硕成果。空中客车公司、中航二集团与中国一航举行了空客（北京）工程技术中心合资合同签约仪式暨新闻发布会，标志着空中客车公司和中航集团全面合作的开始。

本届航展的参展规模、参展国家和地区数量、展品档次均全面超过往届航展，室内展厅净面积超过 1.7 万平方米，参展国家和地区数量达到 32 个，近 550 家国内外航空航天制造商齐聚珠海，展示了当时航空航天界的最新技术成果。

在本届航展上，3 天专业日内的各种合同签约总额就达30亿美元。在过去10年间，中国和美国、俄罗斯、法国、德国、加拿大以及巴西等航空航天领域的合作不断扩大。波音公司巩固了作为中国航空运输市场最大合作商的地位；空中客车已从当初在航展上签订飞机部件转包生产协议，发展到直接在中国投放总装线；巴西航空制造商则在中国推出了自己的公务飞机。

本届航展期间，10多场具有国际水平的专题研讨会如期召开，其中"2006中国国际航空航天高峰论坛"是继2002年、2004年高峰论坛后的又一次行业盛会；杨利伟、费俊龙、聂海胜3位中国航天员同赴现场，展示中国航天员的风采，与相关行业机构进行交流。

在本届航展上，中国的航空航天企业以集团形象亮相，组织强大阵容参展，全力打造中国航空航天大国形象，展示中国航空航天技术的强劲实力。与此同时，波音公司、空中客车公司、欧洲航天及航空防务公司、罗·罗发动机公司、米格集团等数百家世界知名的航空航天企业也竞相参展。

正如本届航展执委会主任、珠海市市长王顺生所说，走过10年发展道路的珠海航展，已成为展示航天航空领域最新成就以及与国际同行进行交流合作的重要平台，同时也是展示改革开放新面貌和综合国力的一个"窗口"，在国际上产生了越来越大的影响，成为世界上重要航展之一。

第七届航展首设航空和航天展馆

2008 年 11 月 4 日，第七届中国国际航空航天博览会在珠海开幕。

国务委员、国务院副总理张德江，国务委员兼国防部长梁光烈等出席了开幕式。广东省省长黄华华在开幕式致辞中说，随着神五、神六、神七载人飞船相继成功发射，谱写了航空航天史上的壮举，我国航空航天取得丰硕的成果，取得我们空间技术和航空航天事业的快速发展。作为展示我国航空航天发展研究，促进中外航空航天合作的重要组成部分，中国航空航天发展得到了国务院各界人士的支持和响应，得到了中外航空界的广泛影响，已成为国际航空航天领域的知名品牌。张德江宣布第七届中国国际航空航天博览会开幕。随后，开幕式现场上演了惊险的跳伞和刺激的飞行表演。本届航展着重推介航空航天制造业、民航运输业、通用航空、航空基础设施建设、航空安全、宇宙探索、导弹武器等领域的市场前景和合作机会，为中外航空航天企业开展技术交流和经贸合作创造良好的条件。

本届航展于 11 月 4 日至 9 日在珠海举行，来自 35 个国家和地区的近 600 家厂商、60 多架飞行器将参展，规模打破历届纪录。

在本届航展，国外以波音公司、空中客车公司、罗·罗发动机公司、庞巴迪、巴西航空工业公司、苏霍伊、俄武器等整机和发动机生产厂商为代表的一大批国外知名航空航天企业参展。

其中俄罗斯联邦航天署、爱尔兰展团、西班牙英德拉信息技术公司、新加坡捷流宇航公司、法国奈克森公司、瑞士威力铭－马克黛尔公司等企业均为首次参展，新增参展国家包括爱尔兰、西班牙、泰国、印度等。

中国人民解放军空军首次全面参与航展，并派出一批先进的在役飞机和空军跳伞运动大队参加航展表演，中国航空工业第一集团和中国航空工业第二集团也派出一批先进机型参展。上述参展飞机总量近 20 架，其中不乏外界一直高度关注的国产先进飞机。

参与当年四川抗震救灾的交通运输部南海救助局的 EC225 大型直升机、香港政府特区飞行服务队的超级美洲豹直升机和捷流 41 型定翼机等飞机也参展了。

国外方面，庞巴迪飞机公司的"挑战者－604"公务机、钻石公司的"钻石－40"和"钻石－42"轻型飞机、西锐公司的"SR22"轻型飞机、湾流公司的"G150"和"G450"型公务机、比奇富豪"G36"公务机均参展。空中客车公司的"A380"也参展了，这一"空中巨无霸"展翅蓝天的雄姿给现场的业界人士留下了深刻而难忘的印象。

本届航展首次分主题设立了航空和航天两大展馆。

中国航空工业第一集团公司和中国航空工业第二集团公司以新的企业形象和更大规模参加本届航展，在"中国航空馆"内进行集中展示，并将开展的第二日即11月5日确定为"中国航空工业日"，当天举行了一系列高层活动，中国飞机也集中进行了性能展示飞行。

中国航天科技集团公司和中国航天科工集团公司也以空前规模参展，大幅增加参展展品，在"中国航天馆"内集中展示我国航天实力，航天科工集团在参展内容上以"抗震救灾"为主题增加后勤装备、军民两用装备、无人装备三类展品；航天科技集团进一步展示卫星应用和应用卫星在国民经济建设中的突出地位。

此外，国内航空航天配套生产企业和民营企业参展积极性空前高涨，其中有50家企业属首次参展。

包括神鹰400制导火箭弹武器系统在内的一批中国新型系列导弹装备也首次亮相，中国空军首次全面参与，备受关注的中国新一代战机"歼10""飞豹""猎鹰"等都进行了飞行表演。

此次航展最大看点主要表现在以下几个方面：

一是"神7"英雄出席航展。"神舟七号"完成征空任务，"航天热"持续升温。世人瞩目的"神7"轨道舱实物、返回舱的抛弃模型在航展中展出，参与"神7"升天历史任务的3名航天英雄翟志刚、刘伯明、景海鹏，也现身航展，公众近距离感受了航天英雄的风采。

本届航展是中国首次把"神舟"飞船最主要、最核心的部分展现出来，且是轨道舱实物在历史上第一次与外界亲密接触。另外，还展出了"神7"返回舱的抛弃模型和"长2F"火箭模型，让观众充分了解了火箭和飞船两大系统的全面关系。

二是两架"歼10"参展。中国人民解放军空军首次全面参与本届航展，并派出一批先进的在役飞机和空军跳伞运动大队参加航展表演。

10月22日11时许，空军两架"歼10"战机率先抵达航展现场。空军两架"歼10"战机于11时5分左右出现在珠海机场上空，"歼10"双机密集队形先是两次通场，随后解散编队，两架"歼10"分别降落。

这两架"歼10"战机身披空军涂装，都为单座型，配有空中加油管，并且每机只在机腹下携带了一个副油箱。"歼10"的出现，预示着本届珠海航展的空前盛况，歼-10也毫无争议地成为本届航展中最耀眼的明星之一。

三是空霸A380展翅。美国波音公司、庞巴迪等国际著名航空公司均参加了本届航展，世界上最大的空中巴士A380也亮相了。参观者有机会步入机舱，亲身感受有"空中巨无霸"之称的A380客机的气势。

空中巴士A380是欧洲空中客车工业公司研制生产的四发远程550座级超大型宽体客机，投产时也是全球载客量最大的空中巴士，被空中巴士公司视为21世纪的"旗舰"产品。

A380为全机身长度双层客舱四引擎空中巴士，采用最高密度座位安排时可承载 850 名乘客，是唯一双层的民用客机，内设酒吧、影院、休息区、商务区或其他的娱乐区。按照不同航空公司的需求，还可安排其他设施，如理发店、卧铺、赌场、按摩室或儿童游戏场，在飞机上乘客还可以使用便携计算机和打电话等。

四是空军跳伞运动队的精彩表演。内地著名航空航天企业以强大阵容参展，中国人民解放军首次派出一批先进在役飞机参展，空军跳伞运动大队即场作示范表演。

五是"枭龙"参加航展。中国航空工业集团公司以超大规模和全新形象亮相于本届珠海航展，除大幅增加室内展位面积外，还派出包括两架"枭龙"歼击机、1架"猎鹰"高档教练机、1架新舟 60 涡桨支线客机、1架"直-11"、1架"H425"、1架"运 12"和 1架"小鹰 500"的参展团。

"枭龙"歼击机被称作"歼 10"的简版。在本届航展上，航空迷们不仅有幸一睹枭龙歼击机的"庐山真面目"，而且还目睹了枭龙歼击机翱翔蓝天的雄姿。

本届航展除举行"机场设备展"，主要给更多企业提供展示和交流的机会外，还举办了一系列大型主题活动，营造了浓郁的航展文化氛围。

"2008 中国国际航空航天高峰论坛"，作为中国国际航空航天博览会的一项主体活动，已成功举办三届，为业界公认的高规格、高水平的国际性航空航天专业峰会。

本次论坛于 11 月 3 日在珠海度假村酒店举行，由工

业和信息化部、中国商用飞机有限责任公司和中国航空工业集团公司共同主办，以"中国的民用航空"为主题，邀请国内外相关政府部门的高层领导、国内外航空业界和相关领域高管，对热点问题进行讨论：从政府层面上阐述了中国航空工业的未来发展思路；从企业层面论述了航空企业的发展战略；从市场层面探讨了通用航空和区域航空的需求和发展对策。

另外，还举行了"2008粤港澳台航空产业论坛"、第四届中国航空航天"月桂"奖颁奖礼、展商答谢宴会、航展主办单位答谢晚宴及各主办单位、参展商举办的专业会议、新闻发布会、签约仪式等，为展商和专业人士的交流和沟通创造了更多机会。

与此同时，本届航展还从务实的角度出发，采取切实措施，全面提高了本届航展的组织管理水平和服务水平，为中外航空航天界开展技术交流和经贸合作、观众观看航展创造了更好的环境，真正把本届航展办成了"专业航展，平安航展，文明航展"。

本届航展进一步完善、推进航展的"买家计划"，提升航展的专业性。有计划、有目的地邀请国内外专业买家，尤其是亚太地区的航空企业总裁、大型跨国公司总裁、国家相关部门采购人员等，通过组织高层次的专业论坛、争取航展各主办和协办单位的支持、主动邀请等方式吸引专业买家参观航展。

在为期6天的航展上，中外展商贸易洽谈频繁，成交活跃。各国及地区的参展商之间签订了 16 个项目价值 40 亿美元的各种合同、协议及合作意向，成交了 102 架各种型号的飞机。

其中，中国商用飞机有限责任公司与美国通用金融航空服务公司签订了 25 架 "ARJ21－700" 型飞机、总额 7.324 亿美元的购机合同，这是中国民用飞机首次进入美国高端市场，是西方发达国家首次向中国集中采购民用飞机这样的高技术产品，也是中国迄今最大的飞机外销协议。

同时，中银航空租赁公司与空中客车公司签订了增购 20 架空中客车 A320 系列飞机合同，总额 11 亿美元；中国航天科技集团公司与中国气象局签署了 5 颗卫星和 5 枚 "长征－3 甲" 号系列火箭的研制发射合同，标志着中国通信卫星、气象卫星初步完成由业务试验性向应用服务性转变。

此外，欧洲直升机公司、奥地利钻石公司、加拿大庞巴迪公司、哈尔滨飞机工业集团、中航工业西飞公司等国内外飞机制造公司，均在本届航展上有所收获。

航展组委会负责人表示，随着品牌效应进一步显现，中国国际航空航天博览会不仅成为国内外航空航天界的盛会，也逐渐成为普通观众和航空航天爱好者进行科普教育的基地，参加本届航展的普通观众人数大大超过上届。

三、 倾情航展

● 随着发动机的轰鸣声，6架红白相间的"歼7E"战鹰以3机和3机编队的双三角队形起飞出场，接着变为6机箭队……

● 引人注目的武器展区被布置成作战"山区"，实地演练"飞蠓80"地空导弹的发射全过程，同时配以雷达搜索、指挥系统，让观众感受实战气氛。

● 当人们来到航展中心，远远就可以看到展厅外花团锦簇、彩旗飘扬，两个高达四、五十米的"长3甲"，"长2捆"火箭模型高耸入云，仿佛在招手欢迎人们的到来。

中外飞行表演英雄同台竞技

在 1998 年第二届航展特邀中国人民解放军八一特技飞行表演队，这是换型"歼 7E"后首次在大型国际活动中亮相。

组建于 1962 年的八一飞行表演队，从 1993 年开始，由亚音速教练机直接改装使用国产超音速新机型"歼7E"。1998 航展是他们更新装备以后，首次以全新编队、全新动作进行的公开亮相。

随着发动机的轰鸣声，6 架红白相间的"歼 7E"战鹰以 3 机和 3 机编队的双三角队形起飞出场，接着变为 6 机箭队，在长机的带领下做 200 米低空盘旋，向观众展示了"歼 7E"飞机良好的低空性能。

绕场盘旋中，6 机逐渐爬高，开始做 6 机双三角编队俯冲上升转弯，此时飞机之间的间距已经小于 5 米，高度差只有 1 米，而时速却高达 850 公里。

从地面上观看，6 架飞机几乎是翅膀挨着翅膀，看得人心惊肉跳。这种高速运动中的密集队形，就是所谓的"魔鬼编队"飞行。

要知道，当时在世界著名的飞行表演中，能进行"魔鬼编队"这个动作的为数并不多，而且飞机还大多有自动锁定距离的保护装置。八一飞行表演队没有使用这种装置，因而更充分地展示出飞行员的高超技巧和飞机的优良操纵性能。

战机一面绕场盘旋上升，一面不断地变换队形。进入3000米高度以后，激动人心的一幕6机向下开花表演开始了。6机从3000米高空向下俯冲做开花动作，机尾拉出紫色的烟带。万里晴空，烟花飞舞，宛如天女散花一般神奇和美丽，引来观众的阵阵喝彩和欢呼。

机群散开以后，开始做单机和分组表演。看！彩烟滚滚，长空如浪，战鹰驰骋急若流星。一架单机从50米的低空掠地呼啸而来，以900公里的时速做大速度超低空通场，随后以垂直仰角一跃而起，直冲云霄。

随着发电机的巨大轰鸣，另一架单机开始在200米低空做加力盘旋，随后展示了高超的低空水平多次横滚。一个精彩的3周横滚，博得了观众的阵阵掌声。在单机表演的同时，其他4机菱形编队，也在展示他们的拿手绝活，4机向上开花。

4机突然向上跃升，宛如鹰击长空，五彩的烟带似流云飞瀑，久久地悬挂在蔚蓝的天空上。

最后，机群开始调整位置，5机以人字形编队飞过，尾随单机做大速度超越通场。然后6机以低空高速从看台上呼啸而过，仿佛集体向热情的观众道一声再见。

接着，俄罗斯勇士飞行表演队的"战斗芭蕾"上场了。勇士飞行表演队创建于1991年，由莫斯科附近的库宾卡空军基地高级飞行员组成，装备有6架先进的"苏

–27"歼击机，享有"蓝色闪电"的美誉。

"苏–27"单机重达25吨，它们那令人震撼的发动机轰鸣声给每一个到场的人留下深刻的记忆。航展期间，只要这种声音响起，展厅里的人潮立刻往外涌去。

勇士队的空中勇士们，在时速800至900公里的飞行速度和50到1500米的高度下向人们全力展示了迎头升跃、急降、横滚、箭头队形筋斗、加力盘旋、跃升半滚倒转等惊险绝技。

其中最扣人心弦的是它那独一无二的"眼镜蛇"过失速机动作，当飞机在空中减速、盘旋上升，从而形成一个攻击性极强的大仰角时，突然进行"动态刹车"，整个机动酷似眼镜蛇在其攻击前昂首吐信的姿势，因而得名。

当时世界上只有"苏–27"飞机能够完成这一机动，令远道而来的广大观众大饱眼福。"苏–27"性能优良，盘旋半径很小，在表演过程中始终没有离开观众视线。

气势磅礴的超音速飞机飞行表演刚刚结束，英国金梦飞行表演队的轻柔舞姿立即进入人们的视线。金梦飞行表演队包括一架EXTRA300单翼飞机和3架毕氏特制"S2A"双翼竞技飞机。

只见4架飞机从跑道尽头腾空而起，伴着柔和的嘤嘤嗡嗡声，以菱形编队在会场上空自由翻飞，金色的机身和蔚蓝的天空交相辉映，活像一群欢快的小蜜蜂。

随后，一架双翼飞机暂时悄然引退，其他3架单翼机连成一串，从高空俯冲而下，在距地面 200 米时，突然向三面弹回高空，拉出三条优美的弧线。

这时，飞机突然减速为零，依靠惯性在云端悬浮了几秒钟以后，宛如三支中箭的金雀，开始有气无力地向下跌落，眼看已经接近地面，在观众的惊呼声中，三只金雀仿佛从大地母亲那里吸取了活力，在低空立体交叉穿梭而过，激起场上的一片欢腾。

接下来一架单翼飞机独占鳌头，在空中自由自在地横滚、俯冲、盘旋、翻转，博得了观众的阵阵喝彩。

这时，其他 3 架飞机并驾齐驱，以一个 360 度的大翻转闯入人们的视线，然后水平低飞通过会场上空。起初的那架单翼飞机从高空斜冲下来，与其他 3 架飞机再次擦肩而过，机身相距咫尺，令观众们暗自捏了一把汗。

俗话说眼见为实，耳听为虚，要想真正感受那精彩刺激的气氛，还是得亲身到现场去体会。

在 2006 年第六届航展期间，当阔别珠海航展 6 年的俄罗斯勇士飞行表演队于 11 月 1 日上午在珠海的天空上奏响蓝色交响乐时，一名老资格的摄影记者禁不住高呼："太震撼了！"

1 日 10 时 20 分，天空中的薄雾渐渐散去。"勇士"飞行表演队队长卡钦可驾驶一号战机迎风起飞。红、白、蓝相间的"苏－27"重型战机发出巨大的轰鸣，使不少距离较近的观众不得不用手捂住双耳。

由 50 米拉升至 600 米高空，一号战机仅用了 4 秒钟。

接着，其余4架"苏－27"战机依次腾空跃起。

之后，在大约300米的高度，1架战机领先，其余4架战机分成两个梯队并排飞行。就在逼近观众眼帘之时，机群像突然遭遇到一波巨浪，大仰角向上飞去。快到"浪"尖之时，战机又突然掉头，从高空直插地面……"涅斯捷罗夫筋斗"引起了人群的一片沸腾。

突然，5架飞机以间隔5米、高度差仅1米的顺风队形轰然而至，一连串令人眼花缭乱的俯冲、翻滚、筋斗动作之后，机群如瀑布从高空飞流直下，迅速向5个方向散开，同时拉出5条彩色烟花，犹如一朵巨大的"郁金香"盛开在蓝天之上。

这时，5架战机同时打开着陆灯，慢速通过表演区，战机之间的水平距离不到两米，高度相差也只有两三米，最为激动人心的"耳朵"动作就要开始了：整个队形突然拉起，战机之间保持着原有的间距，又一起向下大角度俯冲，然后拉起……战机队形未发生任何变化。

接着，3架战机对飞而来，其中1架战机不停地翻滚，与其余两架战机擦肩而过。紧接着，两架战机对飞。就在几乎相遇的一刹那间，1架飞机机翼轻轻一抖，来了180度转身，两架战机相向呼啸而过。更让人叫绝的是，两架对冲战机近在咫尺，同时翻滚，眼看相遇，但只是有惊无险……40分钟的表演很快结束，在场的观众这才长出一口气，拭去掌中攥出的冷汗。

俄罗斯"勇士"把震撼、勇气和遐想留在了蓝天，也留在了人们心中。

另一支在珠海表演的英国金梦特技飞行表演队也先期抵达珠海，做好了表演的准备。

英国金梦特技飞行表演队其主要阵容是一架德国制造的单翼竞赛专用飞机，和另外三架为毕氏特制飞机。4架金黄色的飞机表演同步飞行、对飞闪避以及近距离编队飞行等惊险动作。

在 2008 年第七届航展期间，印度空军阳光特技飞行表演队出动 9 架教练机，在珠海湛蓝的天空上进行了惊心动魄的 9 机编队表演，演绎各种高难度编队飞行动作，飞机拉出的道道彩烟在蓝天上绽放出动人的图案。

印度空军阳光特技飞行表演队成立于 1996 年 5 月 27 日，其飞行员均是从各飞行队中抽调的尖子。

阳光特技飞行表演队每年要举行 30 场左右的表演，在印度空军节和一些重要军校的庆典上，阳光飞行表演队都是主角。2004 年曾在新加坡亚洲航空展上进行过表演，以世界上罕见的 9 机编队征服了海外观众。

16 时许，印度阳光飞行表演队进行了表演，这也是当天的亮点之一。在现场可以不时听到赞许的声音。尤其是当 3 架飞机在空中用彩烟"画出"丘比特之箭的心形图案时，现场气氛更是达到高潮。

集中展示先进航空航天器

在 1998 年第二届航展上，中国航天工业总公司采用大量的实物展品和模型，增设实地演练项目，增大航天高科技产品的展示和招商。

除 3000 平方米的室内航天馆外，中国航天工业总公司还在航天馆外场，开辟 4000 平方米的火箭展区。

高 49 米和 54 米的"长 2 捆""长 3 乙"火箭双双矗立于此。两实物火箭周围布置有"长征 1 号""长 2 丙""长 2 丁""长征 3 号""长 3 甲""长 4 乙"等八种定型火箭模型。

由"长征"运载火箭发射上天的"东方红 - 3"通信卫星和"风云 2 号"气象卫星进入航展，它们分别于 1997 年 5 月和 6 月被"长 3 甲"、"长征 - 3"号火箭送入预定轨道，航展时还正在空中运转作业。

这两颗高约 6 米，展开长 16 米的实物展览卫星，占据航天馆重要位置，成为卫星展区明星。卫星展区陈列的卫星达到 10 颗，其中 8 颗卫星为 1 比 1 实物展览卫星，将于第二年升空的"资源 1 号"卫星也跻身其间。

引人注目的武器展区被布置成作战"山区"，实地演练"飞蠓 80"地空导弹的发射全过程，同时配以雷达搜索、指挥系统，让观众感受实战气氛。

"前卫1号"超低空导弹、"C801""C301"等海防空舰导弹也现场展示。这些展览导弹如果装上战斗部便可发射升空,这样的武器系统达8种之多。

在航展开幕式上,观众还可观赏到发射高度为4000公尺的模拟弹道导弹发射的壮观情景。

另外,卫星云图接收机、新型仿真太空船、"空中摩托"等航天高科技产品,也成为展示中国航天实力的重要组成部分。

在2006年第六届航展上,大卫星、大运载火箭、小卫星、小运载火箭联袂参展,近程、中程、远程导弹悉数亮相,直升机、教练机、战斗机比翼齐飞……

在这次航展上首次公开亮相的新一代大型运载火箭、"东方红-4"号大型通信卫星平台和新型小型运载火箭、小卫星,均是中国航天科技集团公司近年来为适应市场需求开发研制,与国际先进水平接轨的新技术和新产品。

在航展开展的第一天,集团公司就签订了3星3箭、总金额达20亿人民币的巨额订单,充分显示了中国成系列、能满足各种用户需求的航天产品在国际上的竞争力。

在中国航天科工集团公司展区,20多种各类导弹集体亮相,创下历届展出导弹数量之最。集团公司研制生产的不同控制制导方式、可针对不同目标导弹武器系统,包含了战略与战术弹道导弹,防空反导导弹,对海、对地、对雷达巡航导弹,总体水平已达到国外20世纪90年代中后期水平,部分型号已达到同期国际先进水平。

这个庞大的"导弹家族"不仅让人们看到了中国导弹武器系统的水平和强大的国际竞争力，更形象地展现了中国导弹武器系统全面有效保卫国家领空、领海、领土的能力。

作为我国战斗机和民用飞机主要生产商的中国航空工业第一集团公司、中国航空工业第二集团公司，组织下属的飞机、航空发动机和机载设备等工业企业和研究院所按不同专业，系统展示中国航空工业整体实力。

中国自主研制生产的歼击机、强击机、歼击轰炸机、轰炸机、侦察机、教练机、直升机、空中加受油机、通用飞机、无人驾驶飞机以及多型号、成系列航空发动机、机载设备等，表明中国航空工业已进入能够自主研制生产具有国际水平的军用和民用飞机的少数几个国家之列。

2008 年第七届航展，"歼 10"也参展了。

"歼 10"飞机被称为"空中猎鹰"，它是我国自主研制的全天候超音速多用途战斗机，主要担负夺取空中优势、实施对地突击的任务，配有先进的航空电子系统，具有突出的中、低空机动作战性能。

飞机维护性好、可靠性高，可配挂多种空空、空地导弹。"歼 10"飞机的研制成功，实现了我国战机从第二代向第三代的跨越。

"歼 10"飞机采用放宽静安定度的短间距鸭式气动布局，腹部进气道与翼身融合体设计，装有整体圆弧风挡及可提供 360 度水平视界的水泡式座舱盖。

当天珠海的天气很晴朗，气温也比较高，但当"歼10"在10时第一个进行飞行表演时，许多观众仍不顾烈日，坚持在骄阳下观看"歼10"的精彩表演。

当"歼10"在空中做出大角度动作、空中盘旋、横滚、低仰角慢速通场等精彩动作时，现场观众发出了一阵阵的惊叹声。

另外一个吸引观众眼球的，是2号馆中的"神七"轨道舱实物和返回舱实体模型，火爆程度相比"歼10"有过之而无不及。

2006年第六届航展，此前备受关注的"枭龙"战机也首次公开亮相。在枭龙新型歼击机模型展台上，展出方工作人员介绍说："正式展出时游客甚至可以在模拟机上体验一下驾驶歼击机的乐趣。"

代表中国最高教练机水平的山鹰高教机和L15猎鹰高教机也在珠海航展中首次公开亮相。在展区的停机坪上，一架山鹰高教机以其挺拔的身姿，显得尤为神秘。就在山鹰的附近，一架"小鹰500"多用途轻型飞机也很吸引眼球，其小巧玲珑的身材与周围的军用、运输用的飞机形成了鲜明的对比。

"神六"与"月球车"也最吸引眼球。在2号展馆主要展出了一些中国航空航天事业最具代表性和前瞻性的项目，不少国内游客都在此驻足观看。

在场馆内的一个显著位置，"神六"返回舱实体在一个厚厚的玻璃罩中公开展出，其最大直径2.5米，高2.5

米，重 3300 公斤，呈半椭圆形球体。现场的工作人员介绍，返回舱内部配备有环控生保系统，舱外为特殊材料制成的防热层。

返回舱的后面高挂着我国面积最大的神舟号飞船降落伞，主伞面积达 1200 平方米，它打开之后能将返回舱的下降速度降低为每秒 8 米。返回舱旁边还展出有一个 1 比 3 比例的神舟号飞船模型。几乎所有的游客都在"神六"返回舱前拍照留念，相比场馆内的其他展台，"神六"明显更具人气。

在"神舟"展台的对面，一个约 50 平方米的"沙坑"吸引了游客的注意，这里展出的就是俗称"月球车"的月面巡视探测器原理机。

"沙坑"用来模拟月球的表面，沙子上还零星地堆放了几块石头。虽然"月球车"被一层帆布严严实实地包在里面，但不少游客还是在"沙坑"前停留许久。游客有幸在工作人员的指导下操作"月球车"原理机，进行一次"月球漫步"。

人们热情观看展出和飞行表演

1998 年第二届航展期间，前来参观的游客总数超过 100 万人，被誉为航空航天界的蓝天奥林匹克盛会。

当人们来到航展中心，远远就可以看到展厅外花团锦簇、彩旗飘扬，两个高达四五十米的"长 3 甲""长 2 捆"火箭模型高耸入云，仿佛在招手欢迎人们的到来。

步入 1 号展馆，迎面便是民航展馆，航空馆和航天馆分列东西两侧。航空馆以热情明快的亮黄色为主基调，展示了航空人豪爽的性格。

展馆入口的圆形台子上停放着一架真实的"歼 8 - Ⅱ"飞机，红白相间，在专业灯光的照射下熠熠生辉。这个真刀实枪的庞然大物，自始至终是航空馆的明星，引来众多游客纷纷与它合影。

大屏幕下的一排精美的飞机模型也非常受欢迎，向人们展示着新中国成立以来国产飞机的发展史。沿着灰色的地毯向里走，参展的各家都各有绝招。

有的以实物迎人，如北航的蜜蜂轻型飞机。这次珠海航展，蜜蜂千里传会旗，立下不小的功劳。这架轻型飞机结构精巧，小巧玲珑，还真像一只勤劳的小蜜蜂。

还有中航总进出口技术公司展台前的"EC - 120"直升机，由我国与法国、新加坡联合研制生产，深蓝色的机体与背后的展台浑然一体，机型也非常优美。

有的以模型取胜，展厅中部的展台上摆放着南航的轻型飞机模型和西北工业大学的无人机模型。北侧哈尔滨飞机制造公司的"直9"型直升机模型的旋翼还在不停地转动，也吸引了不少观众。

哈尔滨东安发动机公司，将一台发动机的外壳的一部分设计成透明的有机玻璃，里面装上了彩灯，转动起来还发出隆隆的声音，引来不少游客驻足观看。

机载设备的展台造型也非常别致，布置成一个巨大的机舱，展品大多是一些仪器、仪表、电机、伺服阀和陀螺之类。虽然比较专业化，但仍有不少热心的观众前来索取资料，问这问那。

航天馆与航空馆不同，它以神秘的深蓝色为主基调，引起人们关于神秘莫测的浩瀚宇宙的无限遐想。

人们首先穿过一条两边绘制着宇宙天体的曲折甬道，来到一片比较开阔的中央广场上。这里陈列着闪烁着蓝光的人造卫星模型，背后还有地形模型、假人以及许多不同型号的地对空导弹，北边还有一些小火箭模型，其中一个火箭还可以上下运动。

为了烘托气氛，整个航天馆里光线比较暗，相信许多游客后来都会有所报怨，因为拍出的照片大多是只有一个人像，背景模模糊糊一片。

在航展期间，民航馆一直热闹非凡。这里会聚着国内各大航空公司，还有法宇航、法国达索、美国的派克、波音等许多著名的外国公司。

为了招揽游客，扩大影响，各公司都有新招数。波音公司一大清早就开始向游客发放印有公司标志的圆珠笔、手提袋，游客还可以到豪华舒适的波音777座舱模型里摄影留念。

派克公司对小朋友特别欢迎，向他们赠送小旗子、纸帽子、纸飞机等小礼物。达索公司更绝，派出一名英俊大方的外国小伙子，专门与游客在本公司的系列飞机模型前合影留念。

至于国内的各大航空公司，那就更有意思了。云南航空公司派出几位身穿傣族服装的空姐在台上表演舞蹈，并不时向游客赠送孔雀毛和鲜花。

西南航空公司派出一个小合唱团，身着艳丽的民族服装为游客演唱民族歌曲，其中最小的合唱队员才6岁，他们优美的歌声在民航馆里久久地回荡。

所以说，民航馆自始至终是航展中最热闹的地方。

为了保证前来参观的游客都能充分欣赏到精彩的蓝天芭蕾，每天10时到12时，14时到16时左右，都安排了不同的飞行表演队进行表演，并分别用粤语和普通话做现场解说。

2000年11月9日，是第三届珠海航展首个公众日。不料当天早晨阴得厉害，后来还下起了雨，到场参观的航迷们不免有些扫兴，以为当天的表演准"吹"了。

没想到就在中午，UBB两架双翼古董飞机即升上云端，令观众们都喜出望外。

10 时左右，航展入场开始进入第一个高潮，多数是来自珠三角周边地区的观众。由于航展采用了新的门禁系统，观众入场相当快捷畅顺，秩序井然。

虽然连雨绵绵，地面风速也很大，却没有影响观众的热情，有的打着伞，有的坐在展馆前的遮阳篷下，观看最先升空的陆航飞行表演队。当这些直升机低空掠过，并彩色"拉花"时，观众爆发出一阵喝彩声。

俄罗斯参展飞机的数量在 27 个参展国家和地区中首屈一指，俄罗斯军机被称为本届航展的"最大亮点"。除了勇士队 3 架"苏－27"及试飞院的"苏－27""苏－30"外，还有 10 余种不同用途的军机从俄罗斯直飞珠海。

停机坪上观众对首次亮相珠海，但已被传媒渲染一番的"卡－50"武装直升机及"苏－30MK"双座战斗轰炸机表现出浓厚的兴趣。一位外国小伙子和一位外国姑娘还爬上"苏－30MK"机翼上"作秀"、拍照，被人误以为他们是在进行"机上杂技表演"呢！

观众中有不少老人和小孩，有的妈妈挂在胸前背袋里的小宝贝仅一两岁，根本不知飞机是何物，为了免得马达轰鸣震耳，妈妈们不得不用棉花塞着小宝贝耳朵。

11 月 12 日，是第三届珠海航展最后一天，又适逢星期天，本应是组委会预计进场人数最多的一天，可天气却给来自全国各地的航空航天爱好者一个"冷"面孔。

咆哮的北风连带着冰冷的雨水，蹿进人们的衣袖口、裤腿、衣领，不管是打伞的，还是穿雨衣的，都感到十分扫兴。

由于是星期天，风雨无阻前来参观的人群中有许多是学生、家长、老师。把孩子带来，为的是让孩子们感受一下高科技展馆里的气氛，展开一堂航空航天知识的普及教育课，他们不仅看表演，还认真地研究着各个展馆中的航空航天展品。

来自东莞的许先生一家 6 口，一个星期前就订购了旅游套票，当天 6 时 30 分起程，9 时到达展馆。

虽然碰上这样的风雨，许太太说此行花费了近 3000元，一点也不后悔，觉得让孩子们了解国内外航空航天发展成就及最先进的产品，她用一个"值"字来概括。

而来自深圳某幼儿园的六七十位小朋友，更把航展当成了"嘉年华"会，整个行程都欢奔乱跳，雀跃不已。

2000 年第三届航展中最为引人注目的飞行表演，当属英国的 UBB 飞行表演队。

作为欧洲唯一的机翼空中技巧表演队，英国 UBB 空中杂技表演队是第一次来到中国参加展会。作为欧洲唯一的漫步云端机翼空中技巧表演队，他们为中国观众展示了轻型飞机双机双人系列机翼表演技巧。

表演队驾驶 20 世纪 40 年代设计的波音－斯蒂尔曼轻型双翼飞机表演空中大回环、滚转、失速转弯等空中特技，两位站在机翼上的姑娘还在高速飞行中握住对方的手，表演"云中漫步"。

当两机背向相对飞行时，两位从驾驶舱直接攀上机翼的英格兰姑娘，在两机相距仅 3 米多的瞬间握住对方的手。而在飞行时速达 225 公里、飞机正做大旋转、大回还等特技动作时，这些勇立机翼的"蓝天魔女"，甚至还在机翼上做出双手倒立的惊险动作。这种极富挑战性的表演震撼人心，在欧洲被舆论称作"空中杂技"。

这次，UBB 首次来华演出，被格力空调买断了冠名权，从而在中国航展中，创下了外国飞行表演由中国企业冠名的先例。

再次亮相国际飞行员工作室"全明星"特技飞行表演队的"空中芭蕾"，也是本届航展轻型飞机表演的重头戏。这是他们首次在珠海进行大型轻型飞机配乐编队特技飞行表演。

这是一场大型的飞机配乐编队飞行表演，飞行员配合地面上优美的中国民族音乐，精心编排设计了"珠海空中芭蕾 2000"，将艺术欣赏与惊险刺激融为一体。

"全明星"表演队的成员来自世界各国的顶级表演队，这次参加珠海中国航展的，就有著名的捷克"空中搏击"4 机编队和法国的"阿帕奇"3 机编队。

开幕式当天的飞行表演最为引人注目。除中国空军八一飞行表演队、俄罗斯勇士飞行表演队，以及俄罗斯试飞院的精彩表演外，本年度航展飞行表演占据了 4 个"第一次"：中国陆军航空兵的 9 架"直 9"型武装直升机组成"三三三"编队第一次在中国航展上表演；俄罗斯"卡－50"武装直升机第一次在中国航展上表演；英国的UBB"空中杂技"表演以及双人双机机翼行走与双手倒立惊险动作，也是第一次亮相中国航展。

2000年第三届航展，最令人惊叹的表演，就是"苏－27"编队。

30吨的"大鸟"在空中自由自在地翱翔，仿佛身轻如燕。航展开幕前一个星期才终于决定参展的俄罗斯试飞院勇士表演编队，再一次征服了中国观众。

6架"苏－27"重型轰炸机在空中的每一次360度翻转极其干净、到位，无论是同心的还是各自的，在侧转30度时，它绝不会转31度，也不会抖动。

正如一位讲解员所说，它是为了征服天空而存在的，巨大的轰鸣声也仿佛成为美妙的音乐。

在同一座山上，人们看到了最惊险的一幕。欧洲航联的4架小型飞机做完编队飞行后，一架飞机没有任何预兆地在空中做起了头上尾下"拿大顶"的动作。突然，这架飞机尾部冒出黑烟，转着圈子从空中呈自由落体状直线下坠。

"不好，坠机了！"现场的记者们操着家伙就准备冲到山下做现场采访。

谁知飞机在离地面不足50米的地方一个鹞子翻身，继续爬高，让观众们着实为飞行员捏了一把汗。

2002年第四届珠海航展，每天最有人气的就是飞行表演，看一架架飞机在蓝天白云间飞舞实在是一种享受。

早晨，中国陆军航空兵的"直9"型直升机第一个跃上空中舞台，墨绿色的机群在空中做出各种机动动作，或盘旋，或急进。地面上观看演出的人们为中国自己的年轻部队发出狂喜的欢呼。

中国八一飞行表演队驾新型"F－7"战斗机在蓝天中拉出五彩的烟迹，白底红纹的机身映射出如火热情。平时难得见到他们身影的观众们，可算过足了瘾头。

俄罗斯试飞院的飞行员们艺高胆大，"苏－30"刚刚起飞，离地还不到 20 米就突然做了一个高难度的横飞动作，把战斗机优美的外形展现出来，在场观众齐声惊呼，这"苏－30"却突然拉起高度直上蓝天，所谓技艺精湛、游刃有余，无过于此。

最精彩的飞行表演队还是俄罗斯的勇士队。在八一队降落之后，6 架"苏－27"分三批次起飞，还没等大家看清就消失在天际。正在所有观众四处寻找他们的时候，已经编队整齐的勇士从远处的云层里呼啸而来，顷刻掠过机场上空，强大的声浪让整个大地都在颤抖。

没有人再发出声音，大家呆呆地看着俄罗斯"巨鸟"在蓝天上尽情表演。

跟着上天的是先进的"苏－30"战斗攻击机，它在强大喷气动力推动下，表演出了"苏－27"家族最傲人的"眼镜蛇"机动，这个让全世界航空人士目瞪口呆的动作成了俄罗斯战斗机的"招牌"，也是西方战斗机制造商永远的噩梦。

机场上，一位金发少女面带笑容看着俄罗斯雄鹰的表演，脱口而出的竟然是中国话："太棒了！"

原来她是一个受雇在中国公司的翻译，骄傲、自豪、自信都洋溢在少女灿烂的笑容里。

仰望蓝天，每一个在场的中国人都在想，有朝一日我们会指着中国人自己造的飞机说："这是我们的飞机，最好的飞机！"

搞好后勤保障与志愿者行动

2000 年，为了保证第三届航展的顺利进行，组委会在现场管理、安全保险方面作出了重要部署。

在现场经营管理方面，由珠海市工商局、航展公司、物价局、地方税务局、卫生防疫站等单位组成的现场经营管理部，在航展现场负责维护展场经营秩序。

珠海市在航展期间，大力保证从市区到航展场馆道路宽广、畅通，旅游服务质量及接待能力得到全面改善和提高，保证了本届航展及旅游顺利进行。

现场经营商必须在航展公司所指定的范围内经营，并持有现场经营权的许可实施证明。

为确保航展通信服务顺畅，珠海电信部门构建一个立体通信网络，不仅可满足参展商和观众的通信需求，新闻记者还可免费高速上网。

本届航展上军用飞机及航空器械达 100 多架件，超过了前两届。因此，如何保障这些设备在参展期间的安全，便成了组织者管理工作的重中之重。

前来参展的军用品，无论是大如飞机、导弹、火箭，还是小如枪械等，必须填写 17 份证明表，并列出计划展出的军用设备及武器全部细节，此表格必须由指定货物运输代理商提交给中国海关，才放行至航展现场。

便携式武器，无论是实物还是仿造品、剖面模型，或是无杀伤力的复制品，一旦进入中国境内后，就会受到全天 24 小时武装保安的保卫。

在航展开幕前夕，人们看到，一个军用武器、军械检查组在展厅里忙碌着。他们正在检查展品，并同参展单位对其申报的清单进行认真的核对。

检查组的负责人说："这份清单还必须包括在飞机静态展示中随机携带的武器，在任何情况下，都不允许真的弹药、地雷、导弹等展出，以确保航展活动的安全。"

2002 年第四届航展，安全保卫工作是历届航展的重中之重，也是各界人士最为关心的一件事。

10 月 21 日，珠海市委副书记、代市长王顺生在第四届中国航展动员大会上，要求全市以主人翁精神投入到航展各项工作中，把工作的重心放到办好航展上面。

为保证本届航展如期、安全、成功地举办，市公安局为此有计划地组织开展了一系列安全检查、严打整治、净化社会面等行动。进入 2002 年第三季度，有关航展安保的各项措施就开始紧张有序地进行了落实。

市公安局成立了第四届中国航展安全保卫工作指挥部，设立了 10 个专项保卫工作功能组。该局还从市局机关和机场、珠海港分局等单位抽调警力，保证了充足的警力支持。

按照局党委的部署，该局对涉及航展安保工作的"五个点一个面"重点开展工作。

本届航展临时口岸的开放时间从 10 月 1 日开始至 12 月 31 日止，整体的口岸查验工作由执委会口岸工作部统一负责。

该部在机场临时口岸设立临时口岸办事处、海关查验工作组、边防查验工作组、检验检疫工作组、落地签证工作组等临时机构。

根据实际需要，该部还在珠海机场和航展现场分别设立了查验小组，负责旅检和货场的监管工作。为的就是要保证口岸通关的文明高效、安全畅通。

航展临时口岸的报批，参展人员和展品入出境监管和验放手续办理，境外持普通护照人士的落地签证办理等方方面面口岸事务，均由该部门负责，其工作从航展筹备阶段开始一直延续到航展举行期间以及闭幕后。

针对本届航展增强专业性的需要，口岸工作部对抽调来负责查验和监管工作的人员，在政治上和业务技术上有了更高的要求。

航展期间，除了驻航展查验工作有保障以外，口岸工作部还在拱北、横琴、九洲口岸设立航展接待服务小组和开通专用优先通道，在其他口岸设立联络员，从而使本口岸与机场临时口岸之间有良好的衔接和接待疏运机制，使参加本届航展的境外和国外人士享受到畅通的通关服务。

与往届相比，本届航展志愿服务部的志愿者招募工作，有了更为广阔的空间和选择余地。往届招募志愿者，须到广州等大学聚集的城市去"借用"，颇费一番周折。

但当年只要在珠海市内，就可以顺利完成这项工作。

志愿服务部招募来的 250 名志愿者，来自中大珠海校区、暨大珠海校区、遵义医学院珠海校区，以及市内多所中专学校。

为招募这些志愿者，志愿服务部负责人有目的地深入在珠海的各个大学校区了解情况，向学校负责人说明有关要求，请他们从在校学生中推荐人选，再进行面试，从其中外语能力过关、接待能力过硬、知识面广、对珠海的了解比较全面的面试者中择优挑选。这样，就保证志愿者有较强的综合素质，能够为中外参展商、观众和中外记者提供热情、礼貌、负责的志愿服务。

从 10 月 15 日开始，志愿者就开始到航展执委会各部门去开展工作。如制作证件、参展商资料的电脑录入、协助有关部门接待到来的外宾等。

航展期间，250 名志愿者参与的服务有：协助各项大型活动所有入口处票证查验工作，其中开幕式酒会上有 10 名志愿者、文艺晚会上有 60 名志愿者；

航展展会期内，展区内设有现场志愿者服务部，有 10 名志愿者提供志愿翻译服务，还有 20 名志愿者现场提供力所能及的人力、秩序维护等服务；

除此之外，35 名志愿者还投入到航展开幕当晚文艺晚会的车导服务工作，60 名志愿者投入到展期内展览管理及后勤工作。

在本届航展上，身穿统一服装的珠海青年志愿者热情服务于航展各项工作，服务于参加航展的所有嘉宾，像一群青春的鸽子传递着友谊，展示着珠海青年志愿者健康向上的精神风貌，从而体现本届航展的新形象。

为了在航展期间给中外嘉宾一个清洁的城市环境，珠海市卫生局加强了对全市餐饮、食品供应商的卫生大检查，对医疗场所的监督，对各酒店、旅游场所进行了"除四害"工作。

他们还派出多个小组 700 多人次的卫生服务人员，深入镇区，尤其是航展现场附近的村镇开展卫生服务，为航展期间的卫生安全打下了基础。

看上去，吃、喝问题是再小不过的小问题，但是，航展举办到第四届，筹备工作组仍然少不了管吃管喝管买卖的工作组"现场经营管理部"。

现场经营管理部在整个航展区域内划分出 4 个午餐供应点，分别是 1 号、3 号展厅、新闻中心和停机坪上的快餐供应专区，总面积近 3000 平方米。

1 号展厅主要是为参展商服务的咖啡厅、西餐厅，3 号展厅午餐"中西合璧"，其他两个午餐供应点全部供应中餐和快餐。

午餐的供应者主要是度假村酒店。该酒店事前对每日的供应量做了详细计划。为了使午餐供应万无一失，航展现场除了供应快餐、中餐之外，还特地预备了袋装食品，以备午餐供应不够之需。

珠海市卫生医疗机构除了组建医疗卫生部外，还加入这个现场经营管理部以加强食品、饮用水卫生的现场检查工作。

关于交通情况，根据市航展执委会赋予的工作任务，市交通局和航展公司、机场公司、拱运、公共汽车公司等5家责任企业联合组成交通运输部。

与此同时，该部还成立运力调集组、运政管理组，负责航展期间客源流量流向和运力资源的调查预测，维护航展期间交通运输秩序的现场管理，规范客运市场经营行为。

还有，在离第四届航展还有13天时间里，航展后勤保障部动员力量，把整个珠海大道的花草树木修剪齐整，让灯杆栅栏焕然一新。当然这仅仅是后勤保障部大量工作中的一小块。

由珠海市13个单位组成的后勤保障部，分到的是航展中最繁重复杂的工作任务。这13个单位都有详细的后勤保障工作计划。

这些计划归纳为五大保障内容：机场公司和航展公司的后勤保障，供电和供水保障，电信和邮政业务的保障，园林绿化、环境卫生、市政道路、路灯照明等城市管理方面保障以及工商管理和旅游服务方面的保障等。

市电信局以航展新闻中心为重点安装好通信设备，诸如多媒体信息设备、计算机终端、配置宽带网络提供互联网服务等。

第六届中国航展为落实国务院总理温家宝"要确保

安全"的重要批示。民航总局在珠海市组织召开了中国（珠海）航展飞行组织领导小组暨指挥中心第一次会议。

珠海市委、市政府，总参作战部，空军，民航总局和民航有关部门的负责人参加了会议。民航总局副局长王昌顺做了重要指示，民航总局空管局局长苏兰根宣布了航展领导小组成员，领导小组由王昌顺任组长，设指挥中心和应急中心。

2008 年第七届航展，对航展展区进行了全面维修改造，使其功能更完善、环境更优美、布局更合理。包括对展馆、新闻中心、综合村和贵宾房的供配电、防水、防火等进行维修改造；对新闻中心会议室在数量和面积上进行了扩充，完善会议设备、设施；全面改建贵宾房；在 1 号门设置独立的办证大厅；优化展馆外观，增加绿化，完善洗手间等服务设施。

本届航展认真分析和总结历届航展中存在的问题，与时俱进，开拓创新，突破经验主义的墨守成规，积极采取有效措施，提升本届航展的组织管理和服务水平。本届航展与现场餐饮服务商、现场指定饮用水、现场保洁服务商、电瓶车服务商、清洁保洁服务商、电信服务商等签订了协议，通过专业公司提供专业服务来提高航展的服务水准和服务质量。

同时，本届航展还首次开通了从市区主要酒店、港口、口岸到达航展展区的专线车，为展商参展、观众观展提供便捷、快速的交通服务。

本书主要参考资料

《中国国际航展在珠海隆重开幕》赵京安编《人民日报》

《蓝天盛会邮品生辉》李晓方 许涛编《中国邮政报》

《梁广大珠海航展作俑者》许杰编《钱江晚报》

《珠海市委书记梁广大回首珠海航展秘史》林丹编《羊城晚报》

《世纪之交的蓝天盛会》吴雯编《中国航天报》

《盘点第三届中国航展》翟秀艳编《珠海特区报》

《第三届珠海航展聚焦》潘海编《珠海特区报》

《写在珠海航展开幕前夕》赵波 丁增义编《解放军报》

《第四届中国航展昨开幕》邓恒 周天编《信息时报》

《第五届中国航展隆重开幕》朱琳编《珠海特区报》

《航空航天界精英关注中国》李静等编《珠海特区报》

《第五届中国航展圆满结束》朱琳等编《珠海特区报》

《航展前三天博得满堂彩》蔡晓玲 朱琳等编《珠海特区报》

《第五届中国航展珠海开幕》于任飞编《新闻晨报》

《珠海航展公众日第一天》陈二编《环球时报》